新・浪人若さま
新見左近【十】
嗣縁の禍

佐々木裕一

双葉文庫

目次

主な登場人物

新見左近《にいみさこん》――浪人新見左近を名乗り市中に出るが、その正体は甲府《こうふ》藩主徳川綱豊《とくがわつなとよ》。たびたび市中に繰り出しては、秘剣葵一刀流《あおいいっとうりゅう》でさまざまな悪を成敗しつつ、自由な日々を送っていた。五代将軍綱吉《つなよし》たっての願いで仮の世継ぎとして西ノ丸《にしのまる》に入ってからは平穏な日々を過ごしていたが、京にいるはずのお琴《こと》の身に危難が訪れたことを知り、ふたたび市中へくだる。長き戦いの末、闇将軍を討ち果たす。

お峰《みね》――実家の旗本三島《みしま》家が絶《た》えたため、母方の伯父《おじ》である岩城雪斎《いわきせっさい》の養女となっていた、左近の亡き許嫁《いいなずけ》。妹のお琴の行く末を左近に託す。

お琴《こと》――お峰の妹で、左近の想い人。小間物問屋、中屋《なかや》の京の出店をまかされ江戸を離れていたが、店を焼かれたため江戸に逃れ身を潜《ひそ》めていた。貴船屋《きぶねや》の事件解決後、左近と無事再会を果たし、三島《みしま》町《ちょう》で小間物屋の三島屋《みしまや》を再開している。

権八《ごんぱち》――およねの亭主で、腕のいい大工。女房のおよねともども、お琴について京に行っていた。江戸に戻ってからは大工の棟梁《とうりょう》となり、三島屋裏の鉄瓶長屋《てつびんながや》で暮らしている。

およね――権八の女房で三島屋で働いている。よき理解者として、お琴を支えている。

吉田小五郎《よしだこごろう》――甲州《こうしゅう》忍者を束《たば》ねる頭目《とうもく》で、左近の警固《けいご》役。幼《おさな》い頃から左近に仕《つか》え、全幅《ぜんぷく》の信頼を寄せられている。三島町で再開した三島屋の隣で煮売り屋をふたたびはじめ、配下のかえでと共にお琴の身を警固する。

かえで――小五郎配下の甲州忍者。小五郎と共に左近を助け、煮売り屋では小五郎の女房だと称している。

岩城泰徳《いわきやすのり》――お峰とお琴の義理の兄で、本《ほん》所石原町《じょいしわらちょう》にある甲斐無限流《かいむげんりゅう》岩城道場の当主。父雪斎が左近の養父新見正信《にいみまさのぶ》と剣友で、左近とは幼い頃からの親友。妻のお滝《たき》には頭が上がらぬ恐妻家だが、念願の子を授かり、雪松《ゆきまつ》と名づけた。

間部詮房《まなべあきふさ》――左近の養父で甲府藩家老の新見正信が、左近の右腕とするべく見出《みいだ》した俊英《しゅんえい》。左近が絶大な信頼を寄せる、側近中の側近。

雨宮真之丞《あめみやしんのじょう》――お家再興を願い、左近の命を狙うも失敗。境遇を哀《あわ》れんだ左近により甲府藩に召し抱えられ、以降は左近に忠実な家臣となる。

岩倉具家《いわくらともいえ》――京の公家の養子となるも、密《ひそ》かに徳川家光《いえみつ》の血を引いており、将軍になる野望を持っていたが、左近の人物を見込み交誼《こうぎ》を結ぶ。鬼法眼《きほうがん》流《りゅう》の遣《つか》い手《て》で、京でお琴たちを守っていたが、修行の旅を経《へ》て江戸に戻ってきた。市田実清《いちださねきよ》の娘光代《みつよ》を娶《めと》る。

西川東洋《にしかわとうよう》――上野北大門町《うえのきただいもんちょう》に診療所を開く、甲府藩の御殿医《ごてんい》。一時、診療所を弟子の木田正才《きだしょうさい》と女中のおたえにまかせ、七軒町《しちけんちょう》に越していたが、ふたたび北大門町に戻り、三人で暮らしている。

篠田山城守政頼《しのだやましろのかみまさより》――左近が西ノ丸に入る際に、綱吉が監視役として送り込んだ附家老《つけがろう》。通称は又兵衛《またべえ》。元は直参《じきさん》旗本で、左近のもとに来るまでは、五年にわたって大目付《おおめつけ》の任に就《つ》いていた。

三宅兵伍《みやけひょうご》――左近が西ノ丸に入ってから又兵衛によってつけられた、近侍《きんじ》四人衆の一人。左近と同年配の、真面目で謹直《きんちょく》な男。

早乙女一蔵《さおとめいちぞう》――左近の近侍四人衆の一人。穏やかな気性だが、念流《ねんりゅう》の優《すぐ》れた技を遣う。

砂川穂積《すながわほづみ》――左近の近侍四人衆の一人。四人の中では最年少だが、気が利く人物で、密偵としての才に恵まれ、深明流《しんめいりゅう》小太刀術《こだちじゅつ》の達人でもある。

望月夢路《もちづきゆめじ》――左近の近侍四人衆の一人。地獄耳の持ち主。左近を敬《うやま》い、忠誠を誓っている。

新井白石《あらいはくせき》――左近を名君に仕立て上げるべく、又兵衛が招聘《しょうへい》を強くすすめた儒学者《じゅがくしゃ》。本所で私塾を開いており、左近も西ノ丸から通っている。

徳川綱吉《とくがわつなよし》――徳川幕府第五代将軍。四代将軍家綱《いえつな》の弟で、甥《おい》の綱豊（左近）との後継争いの末、将軍の座に収まる。だが、自身も世継ぎに恵まれず、その座をめぐり、娘の鶴姫《つるひめ》に暗殺の魔の手が伸びることを恐れ、綱豊に、世間を欺《あざむ》く仮の世継ぎとして、西ノ丸に入ることを命じた。

柳沢保明《やなぎさわやすあき》――綱吉の側近。大変な切れ者で、綱吉の覚えめでたく、老中上座に任ぜられ、権勢を誇《ほこ》っている。

徳《とく》川《がわ》家《いえ》宣《のぶ》

江戸幕府第六代将軍
寛《かん》文《ぶん》二年(一六六二)〜正徳《しょうとく》二年(一七一二)

寛文二年(一六六二)四月、四代将軍徳川家綱《いえつな》の弟で、甲府《こうふ》藩主徳川綱重《つなしげ》の子として生まれる。綱重が正室を娶《めと》る前の誕生であったため、家臣新見正信《にいみまさのぶ》のもとで育てられる。

寛文十年(一六七〇)、九歳のときに認知され、綱重の嗣子《しし》となり、元服後、綱豊《つなとよ》と名乗る。延《えん》宝《ぽう》六年(一六七八)の父綱重の逝去《せいきょ》を受け、十七歳で甲府藩主となる。将軍家綱が亡くなった際には、世継ぎとして候補に名があがったが、将軍の座には、叔父《おじ》の綱吉《つなよし》が就《つ》いた。

五代将軍綱吉も、嫡男《ちゃくなん》の早世《そうせい》や、長女鶴姫《つるひめ》の婿《むこ》である紀州《きしゅう》藩主徳川綱教《つなのり》の死去等で世継ぎに恵まれなかったため、宝永《ほうえい》元年(一七〇四)、綱豊が四十三歳のときに養嗣子となり、江戸城西ノ丸《にしのまる》に入り、名も家宣と改める。宝永六年(一七〇九)の綱吉の逝去にともない、四十八歳で第六代将軍に就任する。

将軍就任後は、生類憐《しょうるいあわれ》みの令をはじめとした、前政権で不評だった政策を次々と撤廃《てっぱい》。間部詮《まなべあき》房《ふさ》を側用人《そばようにん》として重用し、新井白石《あらいはくせき》の案を採用するなど、困窮《こんきゅう》にあえぐ庶民のため、政治の刷新をはかり、万民に歓迎される。正徳二年(一七一二)、五十一歳で亡くなったため、治世《ちせい》は三年あまりとごく短いものであったが、徳川将軍十五代の中でも一、二を争う名君であったと評されている。

新・浪人若さま　新見左近【十】

嗣縁《しえん》の禍《わざわい》

この作品は双葉文庫のために書き下ろされました。

序

元禄《げんろく》十三年（一七〇〇）の桜は、いつにも増して美しい。

寺の境内《けいだい》にある大木は、西ノ丸《にしのまる》の桜よりも立派で、毎年圧倒される。

土塀《どべい》の外から見ていた新見左近《にいみさこん》は、ふと、お峰《みね》が横にいる気がして目を向けた。だが、そこには誰もいない。美しいと言って目を細めていたお峰の横顔を思い出した左近は、切なくなった。

綱吉《つなよし》と次期将軍の座をめぐって争いが起きていた頃、暗殺を恐れた養父新見正信《まさのぶ》の策で谷中《やなか》のぼろ屋敷に隠れ住み、お峰とは縁談まで進められていた。

優しい顔で笑うお峰がそこにいるような気がした左近は、あとを託されたお琴《こと》とは仲よくやっていると胸の中で伝えながら、岩城泰徳《いわきやすのり》の道場へ行くため歩みを進めた。

回向院《えこういん》裏手にある高東寺《こうとうじ》の山門《さんもん》前に差しかかった時、武家の家臣らしき侍が二人出てきて、左近のほうへ歩いてきた。

右の男は背がひょろ高く、左の男は背が低いものの、がっしりとした体格をしている。

身体つきは凸凹《でこぼこ》だが、揃《そろ》って表情が暗い。

寺で弔事《ちょうじ》がおこなわれているのだろうか。

そう考えながら、前を見て歩んでいると、

「奥方様がお亡くなりになって、今日で五年にもなるのか」

日が経《た》つのが早いと言いながらすれ違う二人の声に、左近はどこの家中かは知らぬが、遺族は寂しいだろうと思った。

ふと、山門から中を見た時、見覚えのある家紋の大名駕籠《だいみようかご》が目にとまった。

遠江新貝藩《とおとうみしんかいはん》一万石の、佐野主計頭智直《さのかずえのかみともなお》が来ていたのだ。

奥方が亡くなっていたのを初めて知った左近は、気になって立ち止まっていた。

程なく駕籠の近くに姿を見せた智直は、寂しそうな顔をしている。目が合ったものの、左近は今、浪人の身なりをしているため声をかけず、会釈《えしやく》もせずその場を立ち去った。城で会った時に、改めて声をかけるつもりだったのだ。

そんな左近に目をとめていた智直は、そばにいた家来に何かを告げた。

門前にいた浪人者が徳川綱豊《とくがわつなとよ》だと、智直は気づいたのだろうか。立ち去る背中を追う眼差しが一物《いちもつ》含んでいるように見えるが、左近が気づくはずもなかった。

山門から出て藩邸に戻る智直の行列は、一陣《いちじん》の風に舞う桜の花びらに包まれ、見送った住持《じゅうじ》が手を合わせて頭を下げる姿は、遠ざかる一行を、より寂しそうに見せるのだった。

第一話　遺言と恋文《こいぶみ》

一

「まだ言ってないのか」

岩城道場の師範代をしている西崎一徳《にしざきいっとく》に呆《あき》れられて、吾川真之介《あがわしんのすけ》は苦笑いをした。

「そうおっしゃらずに、長い目で見てくださいよ」

西崎は鼻に皺《しわ》を作った。

「何を迷う」

西崎にも言えぬ事情を抱える吾川は、眉尻《まゆじり》を下げた。

「なかなか、一歩踏み出せないのです。もう少しお待ちください」

「馬鹿、それではおれが無理やりすすめているようではないか。ここに正直になれ、ここに」

胸を二度たたかれた吾川は、咳《せ》き込んだ。

細身で、頼りなさそうに見える吾川は、気性が穏やかで、道場の近所に暮らす子供たちからも慕《した》われている若者だ。

正直になれば答えはひとつしかないのだが、そうできないから悩んでいる。

じれったいと言った西崎が、吾川の腕を引いた。

「よし、おれがおふくろ様を説得してやろう。行くぞ」

「いや、ちょっと待ってください」

吾川は足を踏ん張って抵抗し、手を離した。

「母には、わたしから言いますから」

西崎は鼻息を荒くした。

「見ておれんのだ。近頃のお前は、まるで稽古《けいこ》に身が入っておらん。今日のざまはなんだ」

腫《は》れた額《ひたい》をつつかれた吾川は、激痛に顔を歪《ゆが》めて離れた。

「やめてくださいよ」

「何を言うか。立ち合い稽古の最中に考えごとをするから、格下の相手に打たれたのだ。先生が新見様と奥の座敷に入っておられたからよかったものの、見所《けんぞ》におられたらお前、今頃は居残り稽古になっていたぞ」

師、岩城泰徳の居残りは地獄の稽古。受けたこともなければ見たこともないが、噂《うわさ》では、倒れてもたたき起こされ、戦場《いくさば》では気を失っても刀を振るものだ、などと言われて、とことん鍛えられるという。

それを体験しているのは、目の前にいる西崎だ。背中にある刀傷は、その時に負ったものだと知っている吾川は、想像しただけで身震いした。

「まったくじれったい」

もはや口癖のように言う西崎だったが、何かに気づいたように横にずれ、頭を下げた。

「新見様、もうお帰りですか」

振り向いた吾川の目に、鮮《あざ》やかな藤色の着物と若草色の帯が映《うつ》った。

己がまったく歯が立たない師匠と同等か、それ以上の遣《つか》い手《て》である新見左近に、吾川は尊敬の念をもって頭を下げた。

「そうかしこまらないでくれ」

落ち着きはらった声は、寸分の隙《すき》もない立ち姿に見合っており、吾川をより緊張させる。

西崎と気さくに言葉を交《か》わして帰っていく左近を見送った吾川は、帯に差された刀に目をとめた。

鞘《さや》と鍔《つば》、柄《つか》のこしらえが、若輩者《じゃくはいもの》の吾川でもわかるほどの逸品《いっぴん》。

「西崎さん」

「なんだ」

「お見かけするたびにいつも思うのですが、新見様は、ほんとうに浪人なのですか」

「ご本人と先生がそうおっしゃるのだから、そうなのだろうさ」

「同じ浪人でも、わたしとは大違いです」

「確かに高貴な匂いがするが、決して跡をつけたりするなよ。先生の命を忘れるな」

「しませんよ。するものですか」

「何をしないのだ」

背後でした泰徳の声に、吾川は応じる。

「新見様の跡をつけることです」

すると泰徳は笑った。

「そのことか。左近の住処《すみか》を突き止めた時はおれに教えてくれ。特別に稽古をつけてやる」

顔は笑っているが目が恐ろしく見えた吾川は、手を激しく横に振った。

「居残り稽古だけは、ご勘弁を」

声を一層高くして笑う泰徳は、道場に戻った。

背中に向かって辞去《じきよ》のあいさつをした吾川は、西崎と門から出たところで別れ、家路についた。

この明るい若者は、武州入間藩《ぶしゅういるまはん》の元藩士の息子だ。

本来ならば、藩士の一人息子として元服《げんぷく》し、今頃は藩の役目に就《つ》いていたであろうが、浪人の身分だ。暮らしが一変したのは、八歳の時だった。酒に酔った父親が江戸市中で町人と些細《ささい》なことで争いになり、刀も抜かず刺されてしまったのだが、藩はこれを恥《はじ》と咎《とが》め、弁解の余地なく家禄《かろく》を召し上げ、追放処分としたのだ。

この時、母と国許《くにもと》で暮らしていた吾川は、浪人の身となった父に呼ばれて江戸に向かい、実田晋作《さねだしんさく》から今の名に変えて、家族三人で暮らしはじめたのだ。

吾川はこの事実を、師の泰徳にも、西崎にも伝えていない。

弟のように可愛がってくれる西崎には、隠しごとをして後ろめたい気もするのだが、父の一連の出来事は恥ずべきことだと国許で言われ、友と信じて疑わなかった同年代の者たちからも白い目で見られたのがこころの傷となっている吾川は、嫌われるのが恐ろしくて、胸の奥底にしまって蓋《ふた》をしている。

そんな吾川には、想い人がいる。互いにこころを通わせ、将来は夫婦になりたいと考えているのだが、今は、それが悩みの種《たね》となっていた。

そのわけは、やはり父親だった。父は失意の中、仕事もせず江戸の町をほっつき歩く暮らしをしていたのだが、風邪《かぜ》がきっかけで重い病《やまい》にかかってしまい、母の看病の甲斐《かい》なく一年前にこの世を去った。その父親が、お家を再興するようにと、遺言書を残していたのだ。

母の月江《つきえ》から口頭で伝えられ、封をされた遺言書を受け取っている吾川だが、一年経《た》った今も、開いていない。

理由は、恋仲の相手が、母が仕立ての内職をしている呉服屋の一人娘だからだ。

本所相生町《ほんじょあいおいちょう》二丁目に店を構える葛西屋《かさいや》の一人娘は、吉乃《よしの》と言う。

父親の清右衛門《せいえもん》と母親の為乃《ための》とは、母が仕立てた品物を届けに行った時に、何度も会って話をしている。

両親は、娘の吉乃と想い合っているのを知っているのかどうかは吾川にはわからぬが、届けた時にはいつも優しく接してくれ、時には清右衛門の将棋《しょうぎ》の相手をして、長居をすることもある。

泊まっていけと言われた時は嬉しかったが、母親を一人長屋に残すのをためらい、断った。

以来半年になるが、その後は一度も誘われていないのも、気になるところだ。

あれこれ考えながら歩いているうちに、気がつけば長屋まで帰っていた。母に内職の品を受け取って戻ると約束していたのを今になって思い出した吾川は、しまった、と舌打ちをして、店に走った。

葛西屋は客の出入りが多く、品物を持った番頭が客の見送りに出てきた。いつもは帳場で仕事をしている番頭が自ら送るということは、大事な得意先なのだろう。

吾川に気づいた番頭は目配せをして、客に笑顔で品物を渡した。

「いつもありがとうございます。またのお越しをお待ちしております」

どうやったらあんなに嬉しそうな顔ができるのかと思って見ていると、帰る客に腰を折っていた番頭が頭を上げて振り向いた。先ほどまでとは別人のように真顔になり、吾川を中へ促《うなが》した。

「旦那様が首を長くしてお待ちです」

早口で告げる番頭は、名を長六《ちょうろく》と言う。

普段は怒っているような顔に見えるだけに、客に見せる表情をどうやって作るのか不思議だった。

「何か」

「いや、なんでもない」

「では、お急ぎを」

戸口のほうに手を向ける長六の前を通って店に入ると、新しい生地《きじ》の匂いがした。

この匂いが好きな吾川は、小袖《こそで》を身体に当てて選ぶ客たちの様子を見つつ、奥へ歩む。

嬉しそうな顔をした女もいれば、真剣な面持《おもも》ちで、似合う物を選んでいる年増女の客もいる。男物の小袖を自分の身体に合わせ、あの人に似合うかしら、と、若い手代《てだい》に訊《き》いている女の客が悩むのを横目にしつつ、三和土《たたき》を奥へと進んだ。

長六が先に行き、座敷に声をかける。

「旦那様、吾川様がいらっしゃいました」

扇《おうぎ》の絵が描かれた襖《ふすま》が開けられ、ふくよかな顔がのぞいた。

吾川が会釈《えしゃく》程度に頭を下げると、清右衛門は途端に目を細め、手招きする。

その膝《ひざ》の前には、将棋盤が置かれていた。

「どうだい」

将棋を指す真似《まね》をして上がれと言う清右衛門に、吾川は申しわけなさそうに答える。

「お相手をしたいところですが、母が待っておりますから、今日は品物をお預かりして帰ります」

「まあそう言わずに。せっかく来たんだ。将棋はまたにして、旨《うま》い菓子があるから食べていきなさい。少し話をしようじゃないか」

出てきた清右衛門は、早く上がれと急《せ》かす。

恐縮した吾川は草履《ぞうり》を脱ぎ、手拭《てぬぐ》いで足の土埃《つちぼこり》を落として座敷に上がり、清右衛門の前に正座した。

「おや、その額のたんこぶはどうしたんだい」

驚いたように問う清右衛門に、吾川より先に長六が答える。

「今日は、剣術の修行をなされたようです」

長六がよくわかっているのは、稽古のあとは決まって、身体のどこかに傷を作っているからだ。

長六にちらりと目をやった吾川は、清右衛門に顔を向けて笑った。

「そのとおりです。油断した隙に、やられました」

「赤くなって痛そうだね。ほんとうに大丈夫なのかい、頭は」

「大丈夫、石頭ですから」

「気をつけておくれよ。剣術よりもそろばんが好きなのだから、いっそのこと辞《や》めたらどうだい」

「そうもいきません。母が許してくれませんから」

「それにしても、大事な頭をこんなふうに痛めつけられて……。たんこぶを見ているだけで、こっちが痛くなってきたよ。おい長六、あれ、どこに行った」

長六、長六と大声を出す清右衛門に応じて戻った長六の背後から、雅《みやび》な振袖《ふりそで》を着た吉乃が姿を見せた。

長六は言われる前に、吉乃を呼びに行っていたのだ。

「長六、お前はよく気がつくね」

清右衛門に褒《ほ》められてもにこりともせぬまま、長六は店に戻っていった。

白地に桜の花びらをちりばめた美しい振袖姿に、吾川は言葉を失い、父親の目の前であることも忘れて見とれてしまった。

吉乃は恥ずかしそうに顔を赤らめていたが、清右衛門と同じように見開いた目を額にとめ、大声をあげた。

「どうなさったのですか」

「いや、これは……」

「すぐお薬を持ってきます」

慌《あわ》てて立とうとして裾《すそ》を踏んでしまった吉乃が、吾川に突っ込んできた。

「きゃっ！」

受け止めた吾川は、吉乃と抱き合う形になり、二人は慌てて離れた。

清右衛門がなんとも言えぬ面持ちをしているのを見て、吾川は焦《あせ》った。

「清右衛門さん、今のは偶然で……」

「そういえば、大事な用があったのを忘れていた」

立ち上がった清右衛門は、吾川に微笑《ほほえ》む。

「菓子は二人でお食べなさい」

「あの、内職の品を……」

「店に置いておくから、帰りに持っていくといい。次はゆっくり、将棋の相手をしておくれ。吉乃、粗相《そそう》がないようにな」

「はい」

清右衛門が出て襖が閉められると、吾川と吉乃は顔を見合わせて笑った。

「慣れないものだから、恥ずかしい」

「いやいや、よく似合っている」

「ほんとう」

「ああ」

「今お菓子を持ってきます。違う、お薬だわ。わたしったら慌てて……」

「薬はいいさ」

「でも痛そうよ」

「慣れっこさ。もう痛みもないからいい」

「ではお菓子を」

嬉しそうな顔で部屋から出る吉乃を見送った吾川は、胸が躍《おど》った。吉乃のそばにいるだけで、嬉しくなるのだ。どこからともなく流れてきた香の匂いを嗅《か》いだ時、ふと、遺言のことが頭に浮かび、悩ましい気持ちになる。

母ははっきり言わずとも、武家の女だけに、お家の再興を望んでいるはず。商人を卑《いや》しいと言って嫌っていた父と同じように思っているなら、吉乃と一緒になるのを認めぬかもしれない。

そう思うと、気持ちがずんと沈んだ。

襖の向こうで、小さな鈴の音がした。吉乃が祖母からもらったお守りの音だ。

正座して襖を開けた吉乃が、目が合うとにこりと笑い、茶菓《さか》を持って入ってきた。

二人きりで向き合い、外に聞こえぬ声で語り合う。

清右衛門が言っていた菓子の味は、吉乃と話すことに夢中で、あまりわからなかった。

終始笑顔の吉乃と語り合っていると、すべてを忘れて幸せな気持ちになれるのだ。

二人きりの時はあっという間に過ぎてしまい、日が西に傾《かたむ》きはじめた。

「そろそろ、帰らないと」

立ち上がる吾川の前に出た吉乃が、襖を開けてくれた。その時に見せた表情は寂しそうだったが、吾川が微笑むと、吉乃もすぐに白い歯を見せ、客の目をはばかって外に出ずに見送ってくれた。

長六から内職の品を受け取った吾川は、清右衛門によろしく伝えてくれと頼み、店をあとにした。

二

帰る吾川の背中を、店の奥からそっと見ていたのは、吉乃の母為乃だ。

吾川が店から出たのを見届けた為乃は、背後に隠れていた清右衛門の袖を引いて部屋から出ると、さっきまで二人がいた場所に急いだ。

茶菓の器《うつわ》を片づけようとしていた吉乃の前に行くと、手を止めて座らせ、身を乗り出すようにして問う。

「どうだったの？」

吉乃はなんのことかという顔で、目をしばたたかせた。

「何がです」

「もう、じれったいわね」

為乃は中高《なかだか》の気の強そうな顔に苛立《いらだ》ちを浮かべたものの、その先を言うのをためらった。

吉乃が不思議そうな顔をしていると、清右衛門が微笑んで告げる。

「菓子は旨かったか」

「ああ、そのこと。ええ、とっても」

「そうか、それはよかった」

「もう！」

そっちじゃないでしょ、と為乃が言い、清右衛門の膝をたたいて吉乃に向く。

「真之介様のことに決まっているでしょ。どうだったのよ、何か言われた？」

「何をです」

思う答えに到達しないことに、苛立ちを通り越して呆れた様子の為乃は、笑いはじめた。

「お前のそういうところは、おとっつぁんにそっくりね。いい、お前は十八歳の年頃なの。ぐずぐずしているとすぐ年増になるんだから、いい人を逃したら行かず後家になるわよ」

吉乃は下を向いた。

「わかっていますよ。でも、こればかりは……」

「こうなったら、こっちから仕掛けましょう。吉乃、おっかさんの言うとおりに文《ふみ》を書きなさい」

「文？」

「そう。文でお前の気持ちを伝えるの」

「おっかさん待って、わたしそんなの恥ずかしいわ」

勝ち気でせっかちな為乃は、聞く耳を持たない。

「恥ずかしいのはわかってる。でもね、きっと真之介様もお前を好いてらっしゃるから大丈夫。怖がらないで想いを伝えてみなさい」

吉乃から助けを求める眼差しを向けられた清右衛門が、恐る恐る口を挟んだ。

「何もそこまでしなくてもいいんじゃないか」

すると為乃が、吊り上がった目を向けた。

「仕方ないでしょう。親が決めてやるべきだというのに、お前様がはっきりしないからです」

きつく言われて、婿《むこ》養子の清右衛門は首をすくめて、はいと言い、押し黙った。

吉乃は、母親の迫力に圧《お》されつつも、こころのどこかでは嬉しく感じていた。

実質家を牛耳《ぎゆうじ》っている母親が、真之介を婿に欲しがる熱意が伝わったからだ。

「わかりました。書きます」

「それでよろしい」

納得した為乃は、さっそく書き方を教えはじめた。

文机《ふづくえ》に向かう母娘を廊下から見ていた清右衛門は、心配そうに背後に歩み、上からのぞき見た。

恋する乙女《おとめ》の気持ちが綴《つづ》られている。

「こんなのをもらったら、男は嬉しいだろうね」

思わずこぼした言葉に、為乃が振り向いて見上げた。

「ほんとうにそう思う」

「ああ、男冥利《おとこみようり》に尽きるってもんだ。真之介さんに嫉妬《しっと》しそうだよ」

為乃は満足してうなずき、吉乃に言う。

「真之介様はきっと、お前を選んでくださるから、しっかりね」

勇気づけても不安そうな吉乃は、文を畳《たた》んで封をし、胸に当てて大きな息を吐いた。

三

香が焚《た》き込められた文を読み終えた吾川は、目を閉じて、差し出した時の吉乃の緊張した顔を思い出し、胸が熱くなった。今すぐにでも社《やしろ》の境内《けいだい》を飛び出してあとを追い、抱きしめたい。夫婦になろうと言いたい。

だが、どうしても足が動かなかった。父の遺言が、吾川を縛りつけるのだ。

「どうすればいい」

独りごち、頭を抱えた。

吉乃がこの場所に誘ったのは、縁結びのご利益《りやく》があると評判の社だからだと、今になって気づいた。

境内の杉を守る木枠《きわく》には、良縁を願う言葉が綴られた絵馬《えま》がびっしりと結ばれている。

今も若い女が一人来て、あたりを気にしながら結びつけると、そっと手を合わせて去っていった。

その様子をなんとなく見ていた吾川は、吉乃も絵馬を奉納《ほうのう》したのだろうかと考え、手にしている文を見つめた。

ここは一度、母に想いをぶつけてみるしかない。

そう決心した吾川は、急ぎ長屋に戻るべく境内を歩み、朱色《しゅいろ》の鳥居を出た。

葛西屋と同じ相生町にある長屋は、五軒長屋が二棟《ふたむね》というこぢんまりした裏店《うらだな》で、住人は皆、仲がいい。路地に入るとさっそく、木戸に近い部屋に暮らす四十代の夫婦が声をかけてきた。

「お帰り」

女房が明るく言えば、

「お、今日も剣術の稽古かい。精が出るね」

夫が優しく声をかける。

戸口の前に置いた七輪《しちりん》で煮物を作っている夫婦は、思いつめた様子の吾川を見て揃《そろ》って驚いた顔をした。

夫が訊く。

「深刻な顔して、何かあったのかい？」

吾川は逆に驚いて足を止め、夫に問う。

「金《かね》さん、どうしてそう思うのです？」

「顔に書いてあらぁな」

「まさか、道場でいじめられたのかい」

心配する女房に、吾川は首を横に振って応《こた》えた。

二人はどうやって夫婦になったのか訊きたくなったが、あとが面倒そうなので思いとどまり、なんでもないと言ってその場を離れた。

自分の部屋に着くまでに、金さん夫婦に見抜かれた顔を直すべく、両手で頬《ほお》をたたいて揉《も》み、口を左右に動かし、大きく開けて表情を和《やわ》らげた。

よし、と気合を入れ、戸を開けた。

「ただいま帰りました」

こちらに向けられた小さな背中が目に入った。

振り向いた母は、唇《くちびる》に笑みを浮かべる。

「お帰りなさい。すぐ夕餉《ゆうげ》の支度をしますから、休んでいなさい」

「では水を汲《く》んできます」

桶《おけ》を取って外に出た吾川は、井戸に走った。

珍しく人がいない井戸で水を汲んで帰ると、炊事場《すいじば》に立っていた母が、下を向いていた。手にしているのが吉乃からの文だとわかった吾川は、はっとした。桶を取った時に、うっかり落としていたのだ。

「母上、それは……」

母は黙って返してくれた。

桶を置いて受け取った吾川が懐《ふところ》に入れるのを見ていた母は、誰からもらった物かとも訊こうとせず、炊事場に向かって支度をはじめた。

瓶《かめ》に水を入れながら、そっと母の顔色をうかがう。いつも冷静な母の表情からは、気持ちを読めぬ。

瓶をいっぱいにするべく、もう一度井戸に行こうとした時、母が告げた。

「己の気持ちに正直でよいのです」

「え？」

思わず訊き返した吾川に、母は顔を向けて微笑み、座敷に上がるよう促した。

応じて上がり、正座すると、母は正面に座し、吾川の目を見ながら口を開いた。

「父上の遺言を告げた時から、そなたは笑顔が少なくなりました。悩んでいるのは、吉乃さんの存在が大きいからでしょう」

「母上、ご存じでしたか」

「二人を見ていれば、誰だってわかりますよ」

吾川は恥ずかしくなり、下を向いた。

「真之介、顔を上げなさい」

応じて上げると、母は真顔になって告げた。

「吉乃さんは器量よしで、穏やかな性分の優しい娘さんですから、そなたは幸せになれるでしょう。されど、身分が違いますから、お家再興が成《な》れば夫婦にはなれませぬ」

言葉を返せぬ吾川は、ふたたび下を向いた。

「真之介」

「はい」

「父上の遺言書には、目を通したのですか」

「いえ、まだです」

「では、今ここで開きなさい。そのうえでそなたが決めた道に、母は口を挟みませぬ」

吾川は驚いた。

「母上、では……」

お家の再興を果たさなくてよいのですか、という言葉が喉《のど》まで出たが、吾川は呑《の》み込んだ。母の表情が寂しそうに見えたからだ。

父が亡くなった時でさえ、吾川に悲しそうな顔を見せなかった母が、感情を面《おもて》に出したのは、吾川が、父が忌《い》み嫌っていた商人になる道を選ぼうとしているのを察しているからに違いなかった。

「真之介、当家は分家です。父上が興《おこ》したお家ですから、そなたの思うようにしてよいのです」

「まずは、遺言書を開きます」

吾川は己の文机に向かい、手文庫《てぶんこ》にしまっていた遺言書を取り出した。糊《のり》づけされた封を解いて開いた吾川は、書かれていた内容にひどく動揺し、懐に収めて部屋を飛び出した。

「真之介、いかがしたのです」

母の声にも止まらず路地を走った吾川は、息を切らせて社に戻り、本殿の裏でしゃがみ込んだ。飛び出したのは、遺言書を母に見せてはならぬと書かれていたこともあるが、気が動転《どうてん》する姿を見せて、心配をかけたくなかったのだ。

落ち着いたところで、吾川は大きく息を吸って吐き、改めて遺言書を開いて見た。

紛《まぎ》れもなく父の字で、藩を追放された真相が書かれている。

父一成《かずなり》を刺したのは町人ではなく、悪事の発覚を恐れた江戸家老の鬼頭《きとう》が仕組んだ罠《わな》だと……。

江戸家老の鬼頭は、藩邸に出入りを許されている商人たちから、商《あきな》いで儲《もう》かるよう便宜《べんぎ》を図る見返りを受け取って私腹を肥《こ》やし、遊興《ゆうきょう》や、重臣たちを従わせるために金をばらまき、藩政を思うがままにしているというのだ。

これに気づいた父は、鬼頭の悪事を暴《あば》こうと探りを入れはじめた矢先に、罠に嵌《は》められて追放されたのだ。

父は遺言と共に、一枚の紙を添えていた。そこには、江戸家老の不正の証《あかし》を隠している場所が記されている。

子供の頃の記憶がある吾川は、鬼頭という名を覚えている。相手は、国許にも聞こえていた剣の遣い手で、御前試合では、決勝まで勝ち残っていた相手をたった一撃で打ちのめし、その名が広まったのだ。そして何より、国許の者も恐れていた切れ者である。

太刀《たち》打ちできるわけがない。

臆病《おくびょう》な吾川は、震えが止まらなくなった。

両腕を抱えてうずくまり、思わずこぼした。

「どうして、こんなことをわたしに……」

荷が重い。重すぎる。

父とて、藩内では一目置かれていた人物だ。その父が、鬼頭の罠で落ちぶれ、最期は痩《や》せ細ってこの世を去った。

母の手をにぎって流していたあの涙と、息子の胸をつかんで引き寄せた時の、どこにこんな力が残っていたのかと思うほどの烈《はげ》しさは、この世を去る悲しみではなく、鬼頭に敗れた無念によるものだったのだ。

喉が腫れ、言葉も出せなかった父は、最期の力を込めて訴えたに違いなかった。

その時の顔をはっきりと目に浮かべた吾川は、拳《こぶし》をにぎりしめ、歯を食いしばって立ち上がった。

「父の無念を、わたしが晴らさなければ」

お家再興は二の次だ。勇気を出せ。

そう自分に言い聞かせた吾川は、社の境内を走って鳥居から出ると、父が眠る見明寺《けんみようじ》に向かった。

葬儀でも世話になった住職の恵啓《えけい》は、父の友人だ。

きっと父は、鬼頭に狙われると知っていて、証拠の品を預けたに違いなかった。

見明寺の山門《さんもん》は、茅葺《かやぶ》きの屋根が苔《こけ》むして草が生《は》えている。檀家《だんか》が少なく貧乏な寺というわけではなく、住職の恵啓が寂《さび》を好み、檀家の者がいくら修復をすすめても、朽《く》ちてこそ美しい、などと言って、放置しているのだ。

それでいて、境内は隅々まで掃《は》き清められ、枯れ葉の一枚も落ちていない。本堂に行くまでには満開の桜が参詣者《さんけいしゃ》を楽しませるのだが、今の吾川の目には入ってこない。

本堂の前を掃き清めていた小坊主に声をかけ、恵啓への目通りを願った。

すると小坊主は快諾《かいだく》し、本堂の右手にある建物に走った。

本堂の正面にある石段を上がり、外から本尊《ほんぞん》に手を合わせて拝《おが》んでいると、先ほどの小坊主が戻り、庭の奥にある茶室に案内した。

わずか三畳の茶室は、黄土色《おうどいろ》の土壁が古び、柱に掛けられた竹筒《たけづつ》には、しだれ桜の枝が一本だけ挿《さ》されている。

座して待っていると、程なくして、墨染《すみぞめ》の法衣《ほうえ》をまとった恵啓が障子を開けて、お待たせした、と告げて正面に座した。

「真之介殿、かしこまった顔をしていかがされた。葛西屋の娘御《むすめご》についての相談かの」

思わぬ不意打ちに、吾川は目を白黒させた。

「和尚《おしょう》様、どうしてご存じなのです」

「ふっふっふ、檀家のことは、座しておっても耳に入るものじゃ。母上の説得を頼みにまいったのか」

「正直に申しますと、昨日までは和尚様を頼るつもりでした」

恵啓は目を細めた。

「ほう、今日は違うとな」

吾川は居住まいを正した。

「父がお預けしている物がございましたら、お返しいただきとうございます」

頭を下げて願う吾川を見ている恵啓が、大きくうなずいた。

「やっと、まいられたか」

涙声に吾川が顔を上げると、恵啓は微笑み、すぐに真顔になって告げる。

「これよりは、本名で呼ばせていただく。実田晋作として、話を聞いてくれ」

吾川は真剣な眼差しで受け止め、顎《あご》を引いた。

恵啓が告げる。

「わしは、一成殿の無実を証立《あかしだ》てするために、共に動いておった。江戸家老の悪事とは、商家と結託し、藩邸に納《おさ》める品の代金を水増しして請求させ、差額を全額、懐に入れておることじゃ」

「その証が、あるのですね」

「あるにはあるが、江戸家老を罰するには、まだ足りぬ」

「何が不足しているのですか」

「申したとおり、商家が江戸家老と結託しておるゆえ、固く口を閉ざして動かぬ証拠が得られぬ。商家の者は、江戸家老の裏切りに備えて裏帳簿を持っておるはず。これと証言を得られれば、いかに江戸家老が白《しら》を切ろうとも、言い逃れはできぬ」

吾川は、江戸家老に憤《いきどお》りを感じながらうなずいた。

「父が残した証を見せていただけませぬか」

「ここにある」

恵啓は法衣の懐から、小さな帳面を出した。

受け取った吾川は、縁《ふち》が傷《いた》み、手垢《てあか》で色が変わっている帳面から、父の無念と執念を感じて、胸が痛くなった。

　恵啓が言う。

「中を見る前に、言うておく。もっとも大事なのは、一成殿の汚名をそそぐこと。それを胸に刻《きざ》んで、目を通されよ」

　吾川は真顔でうなずき、帳面を開いた。

　父の字で記されていたのは、江戸家老の悪事の数々。結託している商家は、藩邸の大がかりな修繕を請け負った材木問屋と、日々の暮らしに欠かせぬ品を納める商家など、多岐《たき》にわたる。

「少なくとも、五軒の商家が結託しているのですか」

　問う吾川に、恵啓は告げる。

「一度の額は少ないが、長年ゆえ、江戸家老の懐に消えた藩の公金は数千両にものぼると、一成殿は申していた」

「藩侯は、気づかれないのですか」

「信繁《のぶしげ》侯は、江戸家老にまかせきりと聞く。気が優しいお方ゆえ、一成殿は命拾いをしたのじゃがな」

「どういう意味ですか」

「江戸家老は、喧嘩《けんか》に見せかけて一成殿を殺そうとしていたに違いないのじゃ。それが失敗に終わるや、今度は藩の恥などと難癖をつけて、切腹に追い込もうとした。それを追放にとどめたのが、他ならぬ信繁侯じゃった。わしは今になって思うのじゃが、ひょっとすると、彼《か》のお方は、一成殿が江戸家老の悪事を暴くのを期待されて、藩から出されたのではないかと思うておる」

吾川は、帳面を見つめた。藩侯の意を汲んだ父は、家に金を入れず朝から晩まで外を歩き回り、調べていたに違いなかった。その苦労が染みついている帳面を持つ手が震える。

自分にできるだろうかという不安に打ち勝ち、父の無念を晴らしたいと思いながら帳面をめくっていた吾川は、見覚えのある商家の名を目にして愕然《がくぜん》とした。

「これは、まさか……」

吾川は恵啓を見た。

「葛西屋も、悪事に荷担《かたん》しているのですか」

恵啓は、渋い顔でうなずいた。

「じゃが、初めに記された五軒とは違う」

「何が違うのです」

「江戸家老は、潰れそうな店に目をつけ、儲けさせてやると甘い言葉で誘い、泥沼に落とし込むのじゃ。葛西屋もそのうちの一人じゃ。品が売れず、潰れそうだった葛西屋に目をつけた家老が、奥向きの着物を入れさせるよう便宜を図り、頃合いを見て悪事に荷担させた。断れば、口封じに一家皆殺しにすると脅《おど》すのが、奴の手口だ。もっとも、気づいた時には悪事に荷担させられていたため、商家のほうも、口を閉ざすしかない」

「葛西屋のあるじ夫婦は、父の正体を知っているのですか」

「名を変え、藩の者の目につかぬよう息を潜《ひそ》めて生きてきた実田家じゃ。葛西屋の者が知るはずもない。そなたの母月江殿でさえ、このことは知らぬのじゃ」

父に葛西屋の内職をすすめたのはわしだと、恵啓は付け加えた。

父はそれで葛西屋に近づき、折を見て清右衛門から証言を取ろうとしていた矢先に、病に倒れてしまったのだ。

すべてを知った吾川は、袴《はかま》をにぎりしめた。

「わたしは何も知らず……」

吉乃を想い、妻に望んだという言葉を呑み込んだ。

恵啓が告げる。

「そなたの辛《つら》い気持ちはようわかるが、ここは父のため、藩のために腹をくれ」

恵啓の言わんとすることを恐れた吾川は、目を伏せた。

「わたしには、できませぬ」

「こころを鬼にせよ。吉乃を利用して、清右衛門から証言を取るのじゃ」

「どうやって利用しろと言うのです」

「吉乃と夫婦《みょうと》約束をしたのちにすべてを明かし、清右衛門から証言を取るのじゃ。その後はわしが、信繁侯に働きかけて江戸家老を罰していただき、清右衛門と家族は、必ずや守ってみせる」

「できませぬ」

「やるのじゃ晋作殿。藩の金を懐に入れている家老の悪事を暴き、お家を再興して父を安心させよ。さもなくば、成仏《じょうぶつ》できぬぞ」

吾川は激しく首を横に振った。

「晋作殿、何ゆえ拒《こば》む」

「わたしが実田家の一人息子だと江戸家老が知れば、葛西屋の口を封じぬか心配なのです。もう二度と、吉乃殿とは会いませぬ。母と二人で、別の町で暮らします」

「父の無念を晴らさぬと申すか」

「いいえ、これに記されている他の商家の中にも善人がおりましょうから、その者を当たってみます」

「容易《たやす》く口を開くとは思えぬぞ」

「それでも、やってみます。これは持って帰ります」

帳面を懐に入れて辞す吾川を、恵啓は黙って見送るしかなかった。

山門までついてきた恵啓は、なんとも言えぬ悲しい顔をしている。

頭を下げた吾川は、真顔で告げる。

「和尚様と父が調べられたことは、無駄にはしませぬ。必ずや、江戸家老に罪を償《つぐな》わせてやります」

「何かあれば、遠慮のう来るのじゃぞ。決して、無理をせぬように。命を落とすようなことがあってはならぬからの」

「はい。では」

もう一度頭を下げた吾川は、走り去った。恵啓に、吉乃と会えぬ悲しみを見せたくなかったのだ。

景色がぼやける目を拭いながら、吾川は叫びたい気持ちをぐっとこらえて走った。震える唇を噛《か》みしめながら大川《おおかわ》のほとりに出た吾川は、夕焼けに燃える空を見上げた。

「吉乃……」

優しい笑顔を見たいと願ったが、もう二度と会えぬ。吾川は目を閉じ、寂しさに耐えた。

四

お勤めの鐘を撞《つ》き終えた恵啓が鐘楼《しょうろう》から下りた時、二人の侍が現れ、行く手を遮《さえぎ》った。

鋭い眼差しを向ける二人に、恵啓は見覚えがない。

「拙僧に、何かご用かな」

「我があるじがお待ちゆえ、足をお運び願おう」

言葉は丁寧《ていねい》だが、拒むことを許さぬ顔つきだ。

恵啓は察した。

「鬼頭殿ならば、何もお話はありませぬ。お帰りくだされ」

「そちらになくとも、当方にはある。手荒な真似をしとうない。さ、まいられよ」

左右に分かれて促す侍に、恵啓は従わず逃げた。

助けを呼ぼうとしたが、後ろ首を手刀《しゅとう》で打たれてしまい、呻《うめ》き声を吐いて倒れた。

あたりを見回した二人の侍が、恵啓を担《かつ》いで走り去り、外に待たせていた駕籠《かご》に押し込んだ。このわずかなあいだに、見た者はいない。

夕暮れ時の道を連れ去られた恵啓が目をさましたのは、見知らぬ場所だ。

身体を縛られるわけでもなく、座敷に横にされていた。

蠟燭《ろうそく》の火が灯《とも》る中で、恵啓は半身を起こす。開けられた障子の外は真っ暗で、戸の端から、座して警固《けいご》する二人の肩が見えている。

「ここは、どこじゃ」

恵啓が声をかけると、右側の侍がちらりと顔を向け、立ち去った。左の者は膝を転じて中に向き、頭を下げた。

「先ほどは、手荒な真似をいたしました」

相手が敵か味方かわからぬ恵啓が、次に何が起きるのか不安に思っていると、紋付袴姿《もんつきはかますがた》の中年の侍が廊下に現れ、恵啓に向くと軽く頭を下げた。

見るからに、頭の切れそうな面構《つらがま》えを見た瞬間、恵啓は悟《さと》った。

侍は名乗らず座敷に入り、座している恵啓の前に立つと、刺すような目で見下ろした。

「本日、そのほうが茶室で会《お》うていた若い侍は何者だ」

恵啓は鬼頭と思《おぼ》しき男を見上げ、顔を背《そむ》けた。

「寺に手下をよこして攫《さら》い、名乗りもせぬ者に話すことなど何もない」

いきなり蹴り倒された恵啓は、初め何が起きたのかわからず目を見張った。

「な、何をなさ……」

口を開いた途端に顔を蹴られ、頭が朦朧《もうろう》とした。

両手をつき、起きようとした背中に踵《かかと》が落とされ、息ができなくなった恵啓は苦しみもがいた。

「わしに舐《な》めた口をきくでない。言え、あの若者は誰だ」

「だ、檀家の、若い衆です」

答えた途端に腹を蹴られた恵啓は、芋虫《いもむし》のように丸まって苦しんだ。跨《また》いだ男が、馬乗りになって顔を近づけ、憎々しい顔で問う。

「答えになっておらぬ。名を申せ」

「吾川……」

「実田！」

偽名を発した恵啓の声に被《かぶ》せて、男が大声をあげ、息を呑む恵啓に告げる。

「……の、倅《せがれ》であろう」

「違います」

「違う……か。それは妙だな。寺に忍び込ませていた我が手の者が、茶室で何やら密談しているそのほうらを見ておる。何を話していた」

「ですから、檀家の者と法事について……ぐあああ」

いきなり股の急所をわしづかみにされた恵啓は、あまりの痛みに悶《もだ》え苦しんだが、鬼頭と思しき男は冷徹な面持ちのまま力を込める。

「正直に言えば、楽になるぞ」

「おのれ鬼頭、ぐう、あ、ああ！」

額に脂汗《あぶらあせ》を浮かべた恵啓は、苦しみのあまり絶叫し、逃れようともがいたが、どうにもならず、視界がぼやけはじめた。

「殺すでないぞ」

馬乗りになっている男の背後からかすれ声がして、眉間《みけん》の皺が深く、悪人面《づら》の男が現れた。

男は立ち上がり、その者に頭を下げる。

急所の痛みから解放された恵啓は、うつ伏せになって息をした。

眉間の皺が深い男が横で片膝をつく。黒地に金糸《きんし》で流水模様が刺繍《ししゅう》された派手な袴に顔を向けた恵啓が、睨《にら》み上げる。

「おのれが、鬼頭か」

「口のきき方に気をつけろ！」

馬乗りになっていた男が怒鳴るのを手で制したその者が、恵啓を見据《みす》えて答える。

「いかにもそうじゃ。そちは、殿が追放した実田一成とは古い仲。それゆえ、実田が必ず現れると思い目をつけておった。じゃが、実田もなかなかの切れ者よ。わしに気づかれることなく江戸に隠れ住み、いつの間にやらそちと会うて調べを進めておったと知った時には、実田めは土の中であった。墓に誰ぞ来るかと思うたが、それもない。妻子は江戸におらぬものと安堵《あんど》した矢先に、そちを訪ね、密談をする者がおったというわけだ。年頃はちょうど、実田の息子ほどだったゆえ跡をつけさせたが、小者めが使えず見失いおったゆえ、そちを連れてまいったというわけだ」

長々と話すあいだも、鬼頭の目は瞬《まばた》きもせず恵啓に向けられており、表情からこころの動きを探ろうとしているのが見て取れた。

恵啓は、その手には乗らぬとばかりに、じっと目を見返していた。

鬼頭は目を離さず続ける。

「若者は、実田の一人息子。そうであろう」

「実田一成殿は、拙僧がねんごろに葬《ほうむ》ったのだ。家族は一人も来ておらぬ」

鬼頭は鋭い目をした。

「では、今日会うておった若者の住処を教えよ。こちらで確かめる」

「馬鹿を申すな。大事な檀家を、そのほうらのような悪党に会わせるものか」

背中を棒で打たれた恵啓は、息ができなくなって気を失った。冷たい水をかけられて目をさますと、鬼頭が自ら棒を打ち下ろしてきた。太腿《ふともも》を打たれても痛みに耐え、関わりがない檀家だと言い張った。すると鬼頭は、配下に身体を押さえつけさせ、恵啓の足の裏を蠟燭の火で炙《あぶ》った。

熱さを超えて激しい痛みに襲われた恵啓は、悲鳴をあげた。

「言え、奴は実田の倅か」

「違う、違う違う！」

「ええい、嘘《うそ》を申すな。言え、言わぬか！」

「ぐあああ！」

己の肉が焦《こ》げる臭《にお》いがする中で、恵啓は気を失うこともできず、地獄の苦しみに耐えていたが、鬼頭の拷問《ごうもん》はまさに、常人にはできぬむごさだ。

濡《ぬ》れ縁《えん》に引きずり出され、地べたに向かって頭を押さえられた恵啓に歩み寄った手下が、瞼《まぶた》を無理やり開いた。恵啓の目に映ったのは、太い蠟燭の火だ。

「やめろ、やめてくれ」

鬼頭が告げる。

「問うのはこれが最後じゃ。目を焼かれたくなければ、正直に白状しろ」

蠟燭の火が徐々に近づけられてゆく。

闇に包まれる屋敷の中から恵啓の悲鳴があがり、やがて、静かになった。

五

吾川は、朝餉《い》の途中で箸《はし》を揃えて膳《ぜん》に戻した。

熱いお茶を淹れてくれた母が案ずるような顔をしたが、何も問わず、湯呑《ゆの》みを置く。

母の気遣いを察した吾川は、居住まいを正して顔を向けた。

「決心がつきましたか」

母には、和尚から聞いた話をすべて伝えている。先に問われて、吾川は真顔で頷を引いた。

「はい。父上のご無念を晴らすにあたり、今日から、実田晋作を名乗ります。よろしいですね」

「よくよく考えてのことならば、母から申すことはありませぬ」

月江は立ち上がり、刀簞笥《かたなだんす》を開けて太刀袋を取り出し、晋作の前に正座した。

「この刀は、父上の形見です。そなたがお家再興を果たすと決心した時に渡してくれと、遺言されていました。持っていきなさい」

押しいただいた晋作は、紐《ひも》を解き、袋から刀を出した。

獅子《しし》が透《す》かし彫《ぼ》りされた鍔は、幼《おさな》い頃に見ていた父の物に間違いなかった。その鍔に親指を当てて鯉口《こいぐち》を切り、ゆっくり抜いてみる。

月夜に浮かぶ稜線《りょうせん》に似た刃紋《はもん》が美しい刀は、父が若い頃に、先代藩主から拝《はい》領《りょう》した家宝だ。無銘《むめい》だが、戦国伝来の逸品だと父が自慢していたのを、はっきりと覚えている。

刀に見合うほどの剣の腕はないが、手にしただけで身が引き締まり、勇気が湧《わ》いてきた。

鞘に納めた晋作は、母に頭を下げる。

「刀に恥じぬ働きをいたします」

「ご武運を、祈ります」

そう言った母は、涙をこらえていた。父を思い出したのか、それとも息子の身を案じてなのかは、晋作にはわからぬ。だが、月江も武家の女だ。晋作が立ち上がった時には、しっかりとした面持ちで見送り、戸を閉める前にちらりと見えた姿は、手を揃えて頭を下げていた。

相手は名高き剣の遣い手。

生きて戻れぬ覚悟をしている晋作は、世話になった人たちにまことの話をせずとも、顔を見て、胸の内で今生《こんじょう》の別れを伝えたく、岩城道場に足を向けた。その前にもう一度だけ、吉乃の顔を見たい思いに駆られて足を止めた。一度は葛西屋に向かおうとしたものの、すぐに立ち止まり、かぶりを振る。

「いかん」

武家の嫡子《ちゃくし》として、死を恐れぬ教えをたたき込まれているはずなのに、吉乃を想うだけで揺らぎが生じる。顔を見れば、家老と闘えぬ。

そう自分に言い聞かせた晋作は、足を戻し、岩城道場に向かって歩みを進めた。

師匠をはじめ、同門の方々と朝の稽古をしたのちに、鬼頭がいる藩邸に行く。

鬼頭に脅され、悪事に荷担していた商人から裏帳簿が得られなかったのは痛いが、父が残した帳面を突きつけ、仇《かたき》を討つと決めたのだ。

父の形見をにぎりしめ、走ろうとした時、後ろから声をかけられた。

振り向いた晋作は、目を見張った。清右衛門だったからだ。

あたりを気にしながら歩み寄った清右衛門が、人気《ひとけ》がない路地に引っ張り込み、不安そうな顔で口を開く。

「長屋を訪ねたら、入間藩の屋敷に行ったと月江さんから言われて、追ってきたんだ。討ち入るつもりかい」

晋作は驚いた。

「どうして……」

「そのことを知っていると言いたいのか」

「はい」

「お前さん昨日、油屋の耕《こう》さんを訪ねただろう」

「渋屋耕左衛門《しぶやこうざえもん》のことですか」

清右衛門は苛立ちを露《あら》わにした。

「他に誰がいるんだい」

「……………」

「まったく、それならそうと、どうしてわたしに言わないんだい。お前さん、実田一成様の息子なんだろう」

「渋屋から、聞いたのですか」

「今朝になって、知らせてくれたんだ。耕さんは、その足で江戸から逃げた」

「えっ！」

「お前さんが帰ったあと鬼頭の家来が来て、裏帳簿を出せと迫ったそうだ。お前さんに渡していたら命はなかったと言って、鬼頭を恐れて逃げたのだ」

「わたしの存在が、ばれているのですか」

「ばれていれば、真っ先に長屋に行っていたはずだ。まさか、名を変えてわたしに近づいていたとは夢にも思わなかったよ。悪いことは言わない。今すぐ、これを持って江戸から逃げなさい」

小判を包んだと思しき袱紗《ふくさ》を差し出されたが、晋作は受け取らなかった。清右衛門の目を見て問う。

「父が鬼頭に陥《おとしい》れられたのを、ご存じでしたか」

すると清右衛門は目を泳がせ、顔を背けた。

「知っていたのですね」

「小耳に挟んではいたが、詳しいことは何ひとつ知らないよ」

晋作は、懐から父の帳面を出して広げ、差し出した。

「ここに、あなたの名が記されております。鬼頭につけ込まれて、仕方なく手を貸したとありますが、間違いないのですか」

清右衛門は、辛そうに目を閉じた。

「わたしが馬鹿だったんだ。潰れそうな店をなんとか立て直そうと焦っていた時に、甘い誘いに乗ってしまった。だがこれだけは信じておくれ。わたしは、悪い金はびた一文受け取っていない」

「わかっています。ここにも、水増ししたぶんはすべて、鬼頭に吸い取られていると記されてありますから」

「知ってのとおり、わたしは手代上がりの婿養子だ。あるじになった途端に商売がうまくいかなくなって、焦っていた。だから、たくさん注文をくれる鬼頭に逆らえなかったんだ」

　そのせいで父は辛酸《しんさん》を嘗《な》めたのだと言いかけて、晋作は言葉を呑み込んだ。清右衛門の頬に、後悔と罪悪感の証が伝って落ちたからだ。

　晋作は、震える声で問う。

「鬼頭の悪事の証となる、裏帳簿があるのですか」

　清右衛門はこくりとうなずいた。

「もちろんだ。鬼頭にも一筆書いてもらっている。罪をなすりつけられたらたまらないからね」

「それを、渡してもらえませんか。決してご迷惑がかからぬようにしますから」

「どうやって、鬼頭を倒すと言うんだい」

「藩侯に直訴《じきそ》します」

「できるものか。相手は鬼頭だ。一歩も近づけやしないさ」

「わたしの剣の師匠に、知恵を授《さず》けていただきます。悪事の証さえあれば、きっと力になってくださいますから、お願いします」

　頭を下げた晋作は、清右衛門に肩をつかまれて顔を上げさせられた。そして清右衛門は晋作の手を取り、その上に袱紗を置いた。

「お前さんの気持ちはよくわかった。でもだめだ。お前さんに何かあれば、吉乃が悲しむからね。これを持って、一旦江戸を離れなさい。鬼頭のことは、わたしがなんとかするから、三月《みつき》、いや、ひと月後に戻りなさい。それまでには、鬼頭の悪事を公《おおやけ》にしてやるから」

「それでは、清右衛門さんも藩侯からお咎めを受けてしまいます」

「なあに、わたしは婿養子だ。妻と離縁してしまえば、累《るい》は及ばないさ」

清右衛門の覚悟を知った晋作は、首を横に振った。

「わたしの師匠は、夜廻りをして悪を討つお方です。今からご相談に上がり、すべてお話しします。必ず知恵を授けてくださいますから、店で待っていてください」

「いやしかし……」

「わたしは逃げたくない。父の無念を、この手で晴らしたいのです」

晋作の想いを受け止めてくれたのか、清右衛門は真顔でうなずいた。

「わかった。ただし、このことは妻と吉乃の耳に入れたくない。帳簿を用意して待っているから、戻ったら長六に声をかけておくれ。隣の汁粉屋《しるこや》で会おう」

「わかりました」

「くれぐれも、気をつけて」

清右衛門は、息子を案じるような気遣いを見せ、店に帰っていった。

姿が見えなくなるまでその場に立っていた晋作は、師匠の泰徳に相談をするべく、道場に足を向けた。

石原町《いしわらちょう》に入り、道場の門が見えるところまで来た時、三人の侍が晋作を追い抜いていった。警戒をしていた晋作は、じっと三人を見つめた。そのうち笑い声がして、楽しそうに歩いてゆく。

一瞬ほっとしたものの、油断をせぬ晋作は、あと少しだと思いながら足を速めた。

背後から走る足音がしたので振り向くと、覆面を着けた無紋《むもん》の羽織袴《はおりはかま》姿《すがた》の侍が抜刀《ばっとう》した。

無言の気合をかけ、いきなり斬りかかられた晋作だったが、咄嗟《とっさ》に横に跳んで刃《やいば》をかわした。

父の形見に手をかけて、抜刀した。

「おのれ、何者だ」

答えるはずもない曲者《くせもの》は、あたりに人がいないのを確かめ、正眼《せいがん》に構える。

晋作も正眼で応じた時、背後から急に、殺気を感じた。

身体が勝手に動き、振り向いた晋作は、打ち下ろされる一撃を受け止めて押し返す。その横手の路地から出た曲者に刀を一閃《いっせん》され、受けそこねた晋作は右腕を斬られた。

傷の痛みに耐えられず倒れた晋作は、打ち下ろされる一刀を左手ににぎる刀で払い、続けて打ち下ろされた刀を横に転がってかわした。だが、そこまでだ。武家屋敷の土塀《どべい》に追い込まれて、逃げ場がない。

晋作は、曲者を睨んだ。覆面の奥にある相手の目は大きく見開かれ、人を斬る興奮に血走っている。

「殺す前に教えてくれ。おのれは鬼頭か」

「問答無用」

低い声で答えた曲者は、刀を振り上げた。

覚悟をした晋作は目をつむった。呻き声がしたのは、その時だ。

「おのれ」

叫び声に晋作が目を開けると、振り向いていた曲者の背中に、光る物が突き刺さっていた。

次にあがった気合の声は、晋作にとっては天の救い。毎日のように聞いている西崎一徳のものだった。

岩城道場の師範代を務める西崎は、二人の曲者を峰打《みねう》ちにして、晋作を斬らんとしていた曲者に迫る。

背中に小柄《こづか》が刺さったままの曲者は応戦したが、不利と見て逃げた。

「待て！」

西崎が追おうとしたのを見たところで、晋作は安堵したせいか、気が遠くなった。

六

新見左近は、新井白石《あらいはくせき》の私塾で学んだついでに岩城道場を訪ね、泰徳と木刀を交《まじ》えていた。

戦国伝来の甲斐無限流《かいむげんりゅう》対徳川将軍家秘伝の葵一刀流《あおいいっとうりゅう》の立ち合いは、二人きりの時だけに見せる技。

刀身の腹を相手に向けて下段に構える左近に対し、右足を前に出し、両手でにぎる柄を顔に引き寄せ、切っ先を相手の喉に向ける泰徳。

戦国を生き抜くために編《あ》み出された甲斐無限流の技は、時には受けに徹し、隙あらば激しく攻撃する。

左近の攻撃を受け続けていた泰徳は、余裕の笑みさえ見せる。そして今、静から動へ変わる合図として、構えを変えたのだ。

猛然と迫る泰徳は、気合をかけて木刀を一閃した。

これに対し左近は、相手の刀身を打ち上げ、泰徳の喉元でぴたりと切っ先を止めた。

両者の剣は、常人には見えぬ太刀さばきであり、切っ先に目をとめた泰徳は、左近に鋭い眼差しを向け、唇に笑みを浮かべた。

左近の胸に当たる寸前で、泰徳の切っ先が止められているからだ。

この日二度目の相打ちに、左近も微笑む。

互いに木刀を引いて離れ、もう一手、と目顔を交わして正眼に構えた時、道場の廊下を走ってくる者がいた。

血相を変えて入ってきた西崎が、左近に頭を下げ、泰徳に駆け寄る。

「先生、吾川が斬られて、大怪我《おおけが》をいたしました」

「何！」

驚いた泰徳は、命を案じた。

するると西崎は、うつむき気味に言う。

「担ぎ込んだ医者の手当てで血は止まりましたが、右腕の傷が深く、不自由になるかもしれぬと申しておりました」

「刀をにぎれぬという意味か」

「はい」

泰徳は唇を噛んだ。

「誰にやられたか、吾川はしゃべったか」

「すべて話してくれました。吾川は本名ではありませぬ」

「まずは座れ。落ち着いて教えてくれ」

泰徳に応じて、西崎は正座した。

左近は木刀を置き、泰徳と座して聞いた。

目に涙を浮かべながら西崎が語ったのは、吾川の本名と、父親の無念だった。

好いたおなごと一緒になるのをあきらめ、悪事を働く鬼頭を倒して父の無念を晴らそうとしていた晋作の悔しさを思うと、左近は胸が痛み、そして、憤りを覚えた。

それは泰徳も同じらしく、面には出さぬが、膝に置いている拳は、手の甲《こう》に血の管《くだ》が浮き出るほど、きつくにぎりしめられている。

裏帳簿の話を聞いた左近は、泰徳に顔を向けて告げた。

「葛西屋清右衛門が危ないぞ」

泰徳がうなずく。

「おれも今、そう思っていた」

「行こうか」

左近が先に立つと、泰徳は膝を転じて立ち上がり、見所に置いていた太刀を取った。

左近も木刀を宝刀安綱《やすつな》に変えて帯に差し、外に出た。

泰徳が西崎に、晋作から目を離すなと命じ、門前で別れて走る。

二人で葛西屋に行き、泰徳が番頭に名を告げ、清右衛門に話があると言った。

番頭の長六は、丁寧に頭を下げる。

「申しわけございません。あるじはたった今、出かけました」

泰徳が問う。

「どこに行った」

「見明寺にございます」

泰徳は舌打ちした。

「誰か怪《あや》しい者が呼びに来たのではないか」

「いいえ。寺の小僧さんです。急な話で、大変気の毒なことでございまして、ここ数日行方知れずだったご住職の恵啓様が大川に浮いているのを、船頭が見つけたそうなのです」

左近が泰徳に言う。

「晋作の家を知っているか」

「むろんだ」

「ではそちらに向かえ。おれは寺に行く」

左近が言わんとしていることを察した泰徳は、うなずいた。

清右衛門の顔を知らぬ左近は、長六に案内するよう告げた。

女将《おかみ》と娘が心配そうに出てきたが、左近は何も言わず、長六を急がせた。

泰徳とは途中で別れ、寺に向かっていると、堀端に人だかりができていた。

「しっかりしろよ。今医者を呼びに行ったから」

元気づける男の声を聞いた左近は、悪い予感がしてそちらに向かう。

野次馬を割って進むと、仰向《あおむ》けに倒れ、血に汚れた口で何かを伝えようとしている商人風の男がいた。

「旦那様！」

長六が悲鳴に近い声をあげ、転げるように、清右衛門にしがみついた。

「旦那様、ああ、なんてことだ」

動揺する長六をどかせた左近は、清右衛門の口に耳を近づけた。

「か、家老の、家来……」

聞き取れたのは、これだけだった。苦しそうに息を吸った清右衛門は、身体から力が抜け、空に向けられたまま動かなくなった目から、一筋の涙がこぼれ落ちた。

「旦那様ぁ！」

悲痛な叫びをあげて胸にしがみつく長六にもらい泣きした町の男衆が、物取りの仕業《しわざ》だと教えた。

「斬った野郎は、清右衛門さんの懐から財布を取って逃げやがった」

「こんないい人を襲うとは、許せねえ」

男たちの声が耳に届いていない様子の長六は、がたがた震えはじめた。

左近は長六の肩に手をかけて問う。

「おれと岩城泰徳は、清右衛門を助けようとしていたのだ。清右衛門は、家老の家来と言い残した」

すると長六は、大きく目を見開いた顔を左近に向けた。

「ほんとうですか」

「その顔は、思い当たる節《ふし》があると見た。仇を取りたければ、証を見せよ」

「証……」

戸惑う長六に、左近が言う。

「大方の話はわかっている」

「しかし……」

ためらいを見せる長六に、左近が小声で告げる。

「女将と娘は知らぬことと言いたいのか」

「はい」

「案ずるな。そちを含め、残された者はこれまでどおり暮らせる」

「ほんとうですか」

「罰を受けるのは、清右衛門を殺した者どもだけだ」

「わかりました。旦那様から預かった物がございますから、店でお渡しします」

左近は町の男たちに清右衛門を運ばせ、葛西屋に戻った。

父の変わり果てた姿に、娘の吉乃は泣き崩れ、妻の為乃は腰を抜かし、呆然《ぼうぜん》としている。

店が大騒ぎになる中、長六はこっそり左近の背後に忍び寄り、そっと帳面を手渡した。

受け取った左近は、為乃の目につかぬところで目を通した。

清右衛門が己の命を守るために鬼頭から一筆を取った裏帳簿には、悪事の動かぬ証拠がある。

左近は長六に告げる。

「これはおれが預かる。今日からは、女将を助けて真っ当な商いをするがよい」

だが長六は、首を縦《たて》に振らず不安そうな面持ちをしている。

「鬼頭様は、この裏帳簿がある限り、旦那様を殺《あや》めただけで終わらせるとは思えませぬ。店に火をかけられるかもしれませんから、今から女将さんにすべてお話しして、逃げていただきます」

「そのような真似は、おれが決してさせぬ」

「お武家様は、いったい……」

何者かと問う顔を向けられた左近は、

「ただのお節介焼《せっかいや》きだ」

飄々《ひょうひょう》と告げて、店をあとにした。

商家の路地から顔を見せた小五郎《こごろう》に、左近は裏帳簿を渡した。

「岩城道場で待つ。入間藩江戸家老、鬼頭兼頼《かねより》の居場所を探れ」

「はは」

小五郎は頭を下げて、走り去った。

七

この夜、鬼頭兼頼は、永代橋《えいたいばし》南の深川相川町《ふかがわあいかわちょう》に囲う妾《めかけ》を訪ね、羽を伸ばしていた。

妾は元吉原《よしわら》の太夫《たゆう》で、惚《ほ》れた鬼頭が、商人たちからかすめ取った金を積んで身《み》請《う》けしたのだ。

親子ほども歳が離れた女に夢中の鬼頭であるが、用心は忘れず、家の周囲を家来たちに守らせている。

満月の下で警固を続ける若い家来たちにとって、女のあえぎ声は毒と言えよう。

気を紛らわすために月を見上げた若い家来は、気配を察して前を向いた。すると眼前に、美しい女の顔があった。目と目が合い、息を呑んだ若い家来だったが、我に返って声を発しようとした直後に手刀で首を打たれ、白目をむいて倒れた。

真顔で見下ろすのは、かえでだ。

見ていた小五郎が痛そうに己の首をさすりながら、門を守る家来に迫る。

ぐったりとした妾から離れた鬼頭が、冷酒《ひやざけ》を飲もうと銚子《ちょうし》に手を伸ばした時、廊下から家来が声をかけた。

「殿、お出ましくだされ」

苦しそうな家来の声に、妾は起きて身体に着物を当てた。

鬼頭は眉間に皺を寄せ、障子に向けて問う。

「何ごとだ」

「お、お許しくだされ」

それを最後に、何を問うても返事がしなくなった。

ただならぬ様子に、鬼頭は刀をつかんで抜き、妾に障子を開けるよう顎で指図する。

襦袢《じゅばん》を巻いて身体を隠した妾が、震える手で障子を開けた。月明かりの中、庭に立つ二つの人影があり、その足下《あしもと》に、家来が倒れている。

腰を抜かした妾は、這《は》って逃げた。

「何奴じゃ！」

怒鳴る鬼頭の前に歩み出たのは、左近と泰徳だ。

家の中で、妾が大声をあげて人を呼ぶと、裏手から五人の家来が駆けつけ、鬼頭を守って左近たちの前に立ちはだかった。

泰徳が、怒りに満ちた声で問う。

「実田晋作を斬り、葛西屋清右衛門の口を封じたのはどいつだ」

五人は、黙って刀を向ける。

すると泰徳は、太刀を抜いた。

「答えぬなら、皆斬る」

鬼頭が憎々しい顔で告げる。

「そのほうら、さては葛西屋の者に雇われたな。いくらで雇われた。倍の金を出してやるからこちらにつけ」

「わたしは、実田晋作が通っていた道場のあるじだ」

泰徳が告げると、右の男が頬を引きつらせた。

見逃さぬ泰徳が、怒りの目を向ける。

鬼頭が口を開く。

「目障《めざわ》りだ、斬って海に捨てよ」

即座に応じた右の男が、気合をかけて泰徳に斬りかかった。

泰徳は切っ先をかわしざまに太刀を振るい、手首を一閃する。

右手首を落とされた男が悲鳴をあげて倒れ、地べたを転げ回って苦しんだ。

恐るべき太刀筋を目の当《ま》たりにした四人の家来は、泰徳から離れた。

「ええい、死を恐れるとは何ごとじゃ。斬れ、斬れ、斬れ！」

鬼頭の怒鳴り声に押されて、二人の家来が泰徳に斬りかかる。

「おう！」

大音声《だいおんじょう》の気合をかけた泰徳が、猛然と出た。打ち下ろされた刀を受け、体当たりで相手を突き飛ばし、もう一人の家来が斬りかかった刀をたたき折り、柄頭《つかがしら》で額を打つ。

一撃で気絶させた泰徳を横目に、左近は二人の家来と対峙《たいじ》し、宝刀安綱を峰に返した。

それを見た二人が、気合をかけて斬りかかった。

一瞬腰を低くした左近が、一足飛《いっそくと》びに前に出る。打ち下ろされる刃をかわして突き抜けた時、左近は安綱の切っ先を鬼頭に向けている。その後ろで、二人の家来が呻いて倒れた。

息を呑んだ鬼頭が、左近に刀を向ける。

震える切っ先から鬼頭に目を転じた左近が、厳しく告げる。

「入間藩江戸家老、鬼頭兼頼。藩主井崎《いざき》信繁殿の顔を立て、そのほうの命は取らぬ。屋敷に立ち帰り、藩侯の沙汰《さた》を待て」

鬼頭は大きな息を吐き、左近を見据えた。

「あいわかった」

行こうとする鬼頭に、左近が告げる。

「逃げられはせぬぞ。悪事の証は信繁殿に渡しておくゆえ、覚悟いたせ」

懐から裏帳簿を出して見せると、鬼頭の顔が引きつった。

泰徳が言う。

「清右衛門を殺めて、死人に口なしと安堵していたようだが、そうはいかぬ」

するとと鬼頭が、泰徳と左近を順に睨んで悪い笑みを浮かべた。

「ふん、商人の帳面など、ものの役に立つものか。まして、貴様ら一介《いっかい》の浪人者に、殿がお会いになるはずもなかろう」

泰徳が告げる。

「わたしはそうであろうが、こちらは違う。会おうと思えば、西ノ丸に呼べばすむのだからな」

泰徳が言わんとすることがすぐに理解できないのか、鬼頭が眉間に皺を寄せた。

「西ノ丸だと」

口にしてみて気づいたらしく、見開いた目を左近に向けた。そして、左近が左手に提《さ》げている安綱に目を向け、金無垢《きんむく》鎺《はばき》に刻まれる葵《あおい》の御紋《ごもん》に気づくと、絶望の色を浮かべ、歯を食いしばった。

「もはやこれまで。ならば、道連れにせん！」

叫んで刀を振り上げた鬼頭は、左近に向かってきた。

左近の前に出た泰徳が、鬼頭の刀を弾《はじ》き上げ、返す刀で斬った。

のけ反った鬼頭は、声もなく仰向けに倒れた。

「斬ったのか」

問う左近に、泰徳が振り向く。

「楽に死なせるものか。峰打ちだ」

左近は微笑み、うなずいた。


それから五日後、鬼頭が沙汰を待たず自害したと又兵衛《またべえ》から聞いた左近は、西ノ丸をくだって岩城道場へ足を向けた。

「待っていたぞ」

泰徳は開口一番にそう告げ、晋作のその後を教えてくれた。

「実田晋作の名を捨てるそうだ。両家の母親の許しも出て、清右衛門さんの喪《も》が明けるのを待って、葛西屋に婿入りが決まった」

左近は、庭に顔を向けて言う。

「刀をにぎれぬ身となった晋作を、案じていたのだ。そうか、商人になるか」

泰徳が首を伸ばすようにして、顔をのぞき込んだ。

「商人になると聞いた途端に、なんだかうらやましそうな顔になったが、おれの気のせいか。三島町《みしまちよう》でずっと暮らしたいのかな」

左近は、親友の前では子供のように不服を面に出し、泰徳を睨んだ。

「わかっていて、口に出す奴があるか」

第二話　親子の絆《きずな》

一

月例の登城の日、本丸に渡った左近は、松の廊下で佐野主計頭智直を見かけてお悔《く》やみの言葉をかけた。

「知らなかったとはいえ、ご無礼をいたした」

佐野は恐縮して廊下の端に寄り、頭を下げていたが、しっかりとした口調で応じた。

「おそれ多いことにございます。温かいお言葉、痛み入りまする」

「さぞ、お寂しいことであろう」

「まったくもって、おっしゃるとおりにござりまする。時が忘れさせてくれると思うておりましたが、何年経《た》っても、こころに穴が空いたようにございます。されど、奥は一粒種《ひとつぶだね》を残してくれましたゆえ、今は息子の成長が生き甲斐《がい》にござりまする」

「息子か。うらやましい限りじゃ」

子がいない左近に対し失言と思うたのか、佐野は深く頭を下げた。

「では、また」

左近は気にせぬ体《てい》で声をかけ、立ち去った。

見送る佐野の目に、一瞬だけ怪《あや》しげな光が宿《やど》ったのを、左近は気づくことなく本丸御殿をあとにした。

西ノ丸に帰ってくつろいでいると、篠田山城守政頼《しのだやましろのかみまさより》があとから戻り、居室に入ってきた。

「又兵衛、慌《あわ》てていかがした」

左近が書物を置いて顔を向けると、又兵衛は正面に正座し、身を乗り出す。

「殿、上様から何か聞いておられますか」

いきなり何かと思った左近であったが、首を横に振った。

「変わった話はなかったが」

「さようで」

「難しい顔をしておるが、よからぬことか」

　すると又兵衛は、膝《ひざ》を進めて声音《こわね》を下げた。

「これは噂《うわさ》ですが、上様のご落胤《らくいん》が、この江戸のどこかにおられるようなのです」

　左近は驚いたが、これで西ノ丸を出られるという考えが頭に浮かび、思わず顔がほころんだ。

「それはめでたい。上様は、覚えがおありなのか」

「ありすぎて、困っておられます。例の、悪いお癖で」

　意味深な顔を向けられて、左近は納得した。悪い癖とは、綱吉が家来の奥方に手を出すことだ。

　左近が知っているのは、綱吉の元側用人《そばようにん》で、左近も命を狙われたことがある牧《まき》野成貞《のなりさだ》だ。

　牧野は綱吉が望むまま、妻と娘を差し出して忠義を尽くしたあげく、傍若無人《ぼうじゃくぶじん》に耐えかねて隠居をしたという説があるが、実際は、本人にしか知り得ぬことだ。

　だが、牧野と同じように、綱吉に妻や娘を差し出した者は少なくない。外様大《とざま》名こそいないはずだが、数多《あまた》いる譜代《ふだい》大名や旗本の家の中に、綱吉の子を産んだ者がいても不思議ではなかった。

だが左近にとって、又兵衛がもたらした噂は吉報に他ならぬ。

「形はどうあれ、世継ぎがおるのはめでたい。この西ノ丸を明け渡さねばならぬな」

こころの底から喜ぶ左近に、又兵衛がじっとりとした目を向ける。

「何がめでたいものですか。殿には必ずや、本丸のあるじになっていただかなくてはならぬのです」

「いや、めでたい」

「殿、人の話を聞いておられるのですか」

「聞いておるとも。又兵衛、こうなっては余《よ》も残念じゃが、将軍の座はあきらめるしかあるまい。いや、実に残念」

「顔が笑《わろ》うておりますぞ顔が」

不服そうな又兵衛を残して、左近はさっそくお琴の店に行こうとしたのだが、書類を山と積んだ間部《まなべ》詮房《あきふさ》が出口を塞《ふさ》いだ。

「お出かけの前に、溜《た》まった書類に目をお通しください。国の民が待っておりまする」

民が待っていると言われてしまえば、放っておいて出るわけにはいかぬ。

座した左近は、書類に目を通しながら又兵衛に言う。

「見てのとおり、余は甲府藩《こうふはん》だけで手一杯ゆえ、上様には一日も早う、暇《ひま》をお出しいただきたいものだ」

又兵衛が不服そうに顔を背《そむ》けるのを見た間部が、左近に問う。

「なんの話ですか」

「上様のお子が、江戸のどこかにおるらしい」

「なんと」

間部は目をしばたたかせ、又兵衛に顔を向けた。

「まことですか」

「ただの噂じゃ。なのに殿は、すっかり期待されておられる」

間部が納得したようにうなずき、左近を見てきた。

「そういうことですか。されど、城の外で生まれたお子となると、一波乱ありそうですね。上様がお認めになるでしょうか」

又兵衛が口を挟んだ。

「そうか。家臣の奥方に産ませた子ならば、一波乱も二波乱もあるに決まっておる。それゆえ、上様はお捜しにならぬのだな。殿、西ノ丸を出るのは、あきらめたほうがよろしいですぞ」

又兵衛はそう決めつけるが、左近はそうは思わなかった。

「生類憐《しょうるいあわれ》みの令を発してまで、お世継ぎを望まれる上様だ。お子がおるという噂を無視されるとは思えぬ。必ず調べられるはずだ」

今の左近に何を言っても無駄と思うたか、又兵衛はそれ以上言わずに下がった。

「怒ったな」

左近がぼそりと言うと、間部が苦笑いをした。

「又兵衛殿の殿への期待は、今や新井白石殿よりも大きいですから」

「附家老《つけがろう》として西ノ丸に来た頃からは、想像できぬな」

「西ノ丸からお出になれば、殿のおそばにおれぬようになると思い、焦《あせ》っておられるのかもしれませぬ」

「又兵衛には悪いが、余は心底、めでたいと喜んでいる。西ノ丸を出られるからではなく、お子を得ることで上様のおこころが落ち着き、民に苦難を強《し》いている生類憐みの令を廃されると期待しておるのだ」

間部は、得心《とくしん》したようだ。大きくうなずき、表情を明るくした。

「確かに、殿のおっしゃるとおりです。お世継ぎの存在は、確実に世の中を明るくするはずです」

左近は大いに期待していた。

ところが後日、へそを曲げていたはずの又兵衛が、軽い足取りで左近の居室に入ってきた。

左近は不思議に思い、声をかけた。

「今日は、機嫌がよいようだな」

正座した又兵衛は、顔をほころばせる。

「そう見えますか」

はずむ声に、左近が間部と顔を見合わせ、残り少なくなった書類を置いた。

「上様のお子が見つかったのか」

左近が問うと、又兵衛は首をゆっくり横に振る。

「その逆です。上様は、柳沢《やなぎさわ》殿から捜すようすすめられても、身に覚えがないとおっしゃり、相手にされぬそうです」

すると、間部が口を挟んだ。

「あらぬ噂だと一蹴《いっしゅう》されるのは、諸侯に向けた建前であり、本心は、わかりませぬぞ」

又兵衛が不機嫌な顔を向けた。

「諸侯に気を使われるような上様ではあるまいよ。まことに覚えがないゆえ、相手にされぬのじゃ」

「そうでしょうか。柳沢殿が表にはそう伝えて、裏で密《ひそ》かに捜しているかもしれませぬぞ」

「いいや、ない」

ある、ない、とやり合う二人のあいだに入って止めた左近が、

「余が言上《ごんじょう》申し上げる」

こう告げたものだから、又兵衛が焦った。

「殿、いけませぬ。このままでよいのです」

聞かぬ左近は、止める手を振りほどいて綱吉に目通りを願い、許しを得て本丸に渡った。

茶坊主によって、いつもの中奥《なかおく》御殿の御座《ござ》の間《ま》に案内されると、間を置かず上段の間に入った綱吉が座し、左近があいさつをする前に口を開いた。

「綱豊まで出てきおったか」

綱吉は面倒くさそうに言うが、口元が笑っているのを見逃さぬ左近が、居住まいを正して言上した。

「噂がまことであれば、これに勝《まさ》る喜びはありませぬ。お子を捜すべきだと存じまする」

だが綱吉は、口元に見せた笑みとは裏腹に、歯切れが悪い返事しかしない。

それでも左近が捜すよう説得すると、綱吉は根負けしたように、本音をこぼした。

「正直に申すと、悩んでおる。子の歳は七つらしいが、その噂がまことならば、子の母は間違いなく、家臣の奥じゃ。当時未婚の娘には、手をつけた覚えがないゆえな。それだけに、悩ましい。相手が家臣の奥ゆえ、まことに余の血を引く子かどうか、わからぬ」

「では上様は、将軍の座を狙う何者かが、噂を流しているとお疑いですか」

綱吉はうなずいた。

「余は、無理に家臣の奥に手をつけたわけではない。出世を望む者が、差し出したのだ。そのような者の奥が余の子を授《さず》かったならば、生まれる前から教えるとは思わぬか」

気分がよい話ではないが、綱吉と、媚《こび》を売る家臣とのあいだの事情だ。

左近はそう割り切って面《おもて》に出さず、子のことだけを考えて告げた。

「噂の裏に悪だくみがあるか否《いな》か、元を探ってみられてはいかがですか。上様がこれと思われる者ならば、国を挙げての慶事となりまする」

綱吉は、心底《しんてい》を見抜こうとする眼差しを向けた。

「子が男児ゆえ、西ノ丸を出られると思うて余を急《せ》かすか」

「将軍家のためを思うての言上にございます」

「こ奴め、ぬけぬけと」

口調厳しく言う綱吉は、ひとつ憂《うれ》いの息を吐いて庭に顔を向け、遠くを見る目をして続ける。

「鶴姫《つるひめ》から文《ふみ》が届いた。婿《むこ》殿が余の跡を継ぐものと思うておるゆえ、誰の子かもわからぬ男児を城へ入れはせぬかと案じておるのだ」

溺愛《できあい》している鶴姫に何か言われて、捜そうとしないのだろうか。

そう勘ぐる左近の心底を見抜いたように、綱吉が顔を向けて告げる。

「こたびの話は、騒動に繋《つな》がる予感がしてならぬ。ゆえに、捨て置く」

「しかし、まことのお子であるかもしれませぬぞ」

「さよう、かもしれぬ、だ。よって、何もせぬ。余の跡目はこれまでどおり、鶴姫の婿殿じゃ」

これ以上は言うな、という目顔を向けられた左近は、黙って下がり、西ノ丸に戻った。


左近が綱吉と二人きりで面談をしたことは、数日のあいだを空けて、幕閣たちに広まった。

内容まで知れるはずもなく、ご落胤の話であろうとの憶測が広まり、それは日を空けずして、端午《たんご》の節句《せっく》で総登城した大名たちにも伝わった。

綱豊が西ノ丸を出ることになるのを心配する者もいれば、綱吉がまったく子を捜そうとしないのは、綱豊が何か吹き込んだからだと主張する者もいる。

憶測が憶測を呼び、控えの間に詰める大名たちの口が閉じることはない。

だが、行事がはじまり、綱吉と左近がいつもと変わらぬ姿を見せると、終えて城をくだる大名たちは、

「これで安泰《あんたい》じゃ。綱豊公の次期将軍に揺るぎはない」

安堵《あんど》してそう語り合ったのだ。

だが、これを喜ばぬ者もいる。

とある屋敷の一室に控える侍は、寝所から届くあるじの恨《うら》み言《ごと》を耳にして、共にいる同輩と顔を見合わせた。またた、という目顔を交《か》わして前を向き、あるじの声を聞きながら、真っ暗な庭を見据《みす》えるのだった。

二

梅雨《つゆ》の雨が一旦上がり、江戸の空は久々に晴れ渡った。蒸し暑いが、雨よりはましだと思いながら道を歩いていた左近は、久しぶりに三島町へ足を向け、お琴の店に来た。

裏手に続く路地に入り、勝手に居間に上がり込んだところで、奥の部屋に続く襖《ふすま》が開けられた。

まるで見ていたかのように現れたおよねが、左近に驚きもせず口を開く。

「来る道をお忘れになったのかと思っておりました」

「そんなに日を空けた覚えはないが」

「待つほうは長いんですよ」

小言に首をすくめていると、およねが問う。

「今日はお泊まりですか」

「そのつもりだ」

途端に満面の笑みを浮かべたおよねが、お琴に伝えると言って襖を開けた時、店に知った顔が見えた。町医者、太田宗庵《おおたそうあん》の娘だ。

「おこんが来ているのか」

「ええ、つい今しがた来られました」

およねの声に顔を向けたおこんが左近に気づき、明るい笑顔で頭を下げた。

他に客がいないようなので、左近はおよねと店に出た。

お琴が嬉しそうな顔で頭を下げ、おこんを見ながら告げる。

「武家奉公の話が、先に延びたそうです」

「ほう、どうしてだ」

左近が問うと、おこんは困ったような顔をした。

「それがわからないんです」

左近は驚いた。

「わからぬとは、どういうことだ？」

「両親が教えてくれません。ただ、弟が言いますには、ご身分が高そうなお武家様がいらしたそうですから、きっと断りに来られたのでしょう」

「失礼だと思いませんか。おこんちゃんはこんなにいい子なのに」

お琴から不服そうに言われて、左近はうなずく。

「おれもそう思うが、延びたのはおこんのせいではなく、武家のほうに都合があるのだろう。でもよかったではないか。当分は宗庵殿の仕事を手伝えるな」

下を向いてしまったおこんに、お琴が心配そうに訊《き》く。

「どうしたの？」

「いつご奉公に上がるのかわからないだけに、なんだか変な気分です。なくなってくれればいいのに」

本音をこぼすおこんを、お琴が抱き寄せて背中をさすった。

「確かに、はっきりしないと不安よね」

おこんはうなずき、左近に顔を向けてきた。

「こうなったら、左近様のお屋敷に行かせてください。そのほうがましです」

左近よりもお琴が驚いた。

「そ、そうよね。左近様、どうかしら」

急に言われて、左近はお琴に目配せをした。

それを見て、おこんはため息をつく。

「やっぱりだめですか」

左近がなだめる。

「おこん、そう言ってくれるのは嬉しいが、おれの屋敷には、そなたを受け入れる余裕はないのだ」

「言ってみただけです」

おこんはふて腐れている。

宗庵は、何ゆえおこんに奉公先を教えぬのだろうか。

左近が疑問に思っていると、お琴とおよねも、不思議がった。

おこんが気を取り直したように顔を上げ、お琴に言う。

「この話はおしまいです。今日は母から、一両も使っていいと言われました」

お琴が微笑《ほほえ》む。

「おこんちゃんのことを考えてくださっている証拠ね。今はわからなくても、きっと悪い話じゃないから、元気を出して」

「はい」

おこんは嬉しそうに応《こた》え、品物選びに戻って目を輝かせている。

そんなおこんを健気《けなげ》と思う左近は、胸の内で幸せを願い、ひと時の楽しみの邪魔をせぬよう中に戻った。

奥の部屋に行こうとした左近に、追ってきたおよねが声をかける。

「そこは今だめです」

聞いた時には襖を開けていた左近は、およねに振り向いた。するとおよねは、唇《くちびる》に人差し指を当てて、静かに、と言う。

何かと思い左近が部屋の中を見ると、男児が昼寝をしていた。

腹が冷えぬよう薄絹をかけられた男児は、色白で整った顔をしている。

そっと襖を閉めた左近は、およねに小声で告げる。

「可愛い子だな」

「そうでしょう」

「どこの子だ」

「ご常連さんのお子です。今日一日預かっているのですよ。躾《しつけ》もよくて、いい子ですよぉ」

語尾を長くするおよねの目が、早く子を授かれと言っているように見えた左近は、額を指でかきながら居間に戻って縁側に座した。

頭上で風になびく風鈴の音が優しく、庭に咲く紫陽花の青が、目に涼しい。

ずっとここで、お琴と過ごしたいと思うようになったのは、いつの頃だったか。今では来るたびに、西ノ丸に入る前を懐かしく感じる。

「はあい、千太郎ちゃん、おじさんに抱っこしてもらいなさい」

猫なで声のおよねに左近が振り向くと、眠そうに目をこすりながら手を引かれた男児が、言われるまま左近の前に来た。

眉尻を下げた左近が両手を差し出すと、千太郎は抱きついてきて、泣きべそをかいた。

「母上は?」

「よしよし、いい子だ。もう日が暮れるから、母上はそろそろ迎えに来るぞ」

すると千太郎は、左近にされるがまま膝に乗り、振り向いて見上げてきた。珍しい物でも見るような目をしていたが、にこりと笑って、小さな歯を見せた。

「千太郎ちゃん、すっかり機嫌がよくなってよかったでちゅね」

およねが三つ子に語るように言うものだから、千太郎はけらけらと笑った。

左近が問う。

「歳はいくつだ」

すると千太郎はふたたび左近を見上げ、右手を開いて見せた。

「五つか」

こくりとうなずいた千太郎は、投げ出していた両足をぶらぶらと上下に動かしていたが、庭を指差した。

「蛇《へび》！」

確かに、蛇が板塀をのぼっていた。

その大きさと太さに、およねが、ぎゃあっと悲鳴をあげたものだから、千太郎は驚いた顔を向ける。

「可愛いのですよ。あの蛇は青大将《あおだいしょう》と言って、家の守り神なのです」

左近は微笑んだ。

「ほう、よう知っておるな」

千太郎は嬉しそうな顔をして、板塀の上を這《は》う蛇を見ている。

買い物を終えたおこんが、お琴と上がってきて、左近の膝に乗る男児を見て驚いた。

「可愛い子ですね」

すかさずおよねが口を出す。

「そうでしょう。左近様とおかみさんにも、この子のように可愛くて賢い子がいればいいのにね」

「およねさん」

お琴が、やめてという口調で笑いながら、おこんと千太郎にお菓子を食べましょうと言って招いた。

千太郎は、左近の膝から離れようとしない。

おこんはそれを見て笑い、菓子を口に運びながらお琴に言う。

「子供は、優しい人がわかるみたいですね。あら、このお菓子、おいしい」

味に目を丸くするおこんは、努めて明るくしているように見えた。

千太郎はお琴から渡してもらった菓子を半分にちぎって、左近に差し出した。

「お、くれるのか」

千太郎はにこりと笑って、自分のぶんを食べた。

それを見たおこんがまた、可愛いと言って目を細めている。

およねがおこんに茶を出してやり、左近と千太郎を見ながら言う。

「おこんちゃんも、武家奉公が終われば次は縁談が待っているから、可愛いお子を授かるわよ。あたしとうちの人のところには来てくれなかったけど、おこんちゃんならきっといい子を授かるから、頑張んなさいよ」

おこんは目頭《めがしら》が熱くなったのか、指で目の下を拭《ぬぐ》って笑った。

「もう、およねさんたら気が早いんだから。でも、元気と勇気が湧《わ》いてきました」

およねも洟《はな》をすすりながら、おこんを抱きしめた。

すると千太郎がさっと走っていき、小さな手でおよねの背中をとんとんとたたいた。

これがまたおよねの胸に響いたらしく、千太郎を抱き寄せ、いやがるのを無理やり頬《ほお》ずりしている。

左近とお琴は顔を見合わせて笑い、おこんも楽しそうに笑っていた。

ところが、千太郎の親は、日が暮れても迎えに来なかった。夕餉《ゆうげ》をとらせて待ってみたが、表の戸をたたく者が現れず、左近はお琴に訊いた。

「家は遠いのか」

「いいえ、柴井町《しばいちょう》で小商《こあきな》いをしています」

「近いな。では、おれが様子を見るついでに送ってやろう。千太郎、おいで」

はいと返事をして立つ千太郎を抱き上げた左近は、肩車をしてやり、お琴と三人で夜道を歩いた。

その後ろ姿を見送ったおよねの背後から、仕事帰りの権八《ごんぱち》が来て肩をたたいた。

「おい、何してんだ」

「ああお前さん、お帰り。あれ見てみなさいよ」

およねが指差す先に左近たちを見つけた権八が、目をこすって二度見した。

「おいかかあ、左近の旦那に座敷童《ざしきわらし》が乗ってるぞ」

「馬鹿、そういう意味じゃないよ。よそ様のお子だけど、お似合いだと思わないかって言ってるの」

「なあんだ、おりゃてっきり、お城から憑《つ》いて来たのかと思ったぜ」

「飲みすぎなんだよお前さんは。早く足を洗っておいで」

先に入るおよねと左近たちを順に見た権八は、

「いい眺《なが》めだね」

目を細めて言い、小走りで井戸に向かった。

暮れてからも人が行《ゆ》き交《か》う東海道《とうかいどう》を歩いて柴井町に来た左近は、お琴の案内で千太郎の親が営む店に到着した。雨具や草履《ぞうり》など、旅人を相手にした商売をしているという店は小体《こてい》で、表の戸は閉められていた。

お琴が戸をたたいて声をかけたが、返事がない。

「おかしいわね。夕方には迎えに来ると言っていたのに、まだ帰っていないのかしら」

左近は千太郎を下ろし、潜《くぐ》り戸《ど》に手をかけてみる。すると、すんなり開いた。

「不用心ね」

お琴はそう言うが、いやな予感がした左近は、お琴と千太郎を残して中に入った。

真っ暗で何も見えぬ。

「お琴、明かりを」

ちょうちんを受け取った左近は、照らしてみる。

品物が並ぶ店に異常はない。

奥へ入ってみると、板の間に帳場の机が倒れ、障子が破れていた。

一旦外に出た左近は、夜道にちょうちんをかざす。すると、商家のあいだから小五郎が現れ、走り寄った。

「二人を連れて帰れ」

「はは」

応じた小五郎が、お琴と千太郎を促《うなが》す。

お琴が左近に、どうしたのかと訊いてきた。

「戻って話す。今はこの場を離れよ」

左近はそう言うとあたりに目を走らせて警戒し、小五郎に守られて帰るお琴と千太郎が見えなくなると、ふたたび店に入った。

座敷には、押し入れから引っ張り出された物が散乱し、何かを捜した形跡がある。

千太郎の両親の姿はどこにもなく、廊下に血が落ちていた。その血を辿《たど》ると裏の戸に続いており、ここから連れ去られたとしか思えなかった。

深手《ふかで》を負っているとは考えたくないが、命を案じずにはいられない。

昼寝から目覚めた時、母を恋しがっていた千太郎を思うと、左近は切ない気持ちになり、連れ去った者に憤《いきどお》りを覚えた。

裏から表の通りに出た左近は、隣の飯屋に入り、店の者を外に連れ出した。

「隣の夫婦が、何者かに連れ去られたようだ」

するとと店の男は、目を見開いた。

「旦那、そいつはほんとうですかい」

「冗談を言っている場合ではない。誰かと揉《も》めていたのか」

「いいえ、お二人はいい人で、悪い噂もなければ、ましてや人と揉めるような人じゃありませんよ。こいつは旦那、物取りの仕業《しわざ》じゃないですかい。自身番《じしんばん》に走りましょうか」

「そうしてくれ。夫婦が心配だ。町役人《ちようやくにん》には、一刻も早く捜し出せと告げてくれ」

「へい」

男は店を女房にまかせて、自身番に走った。

役人を待たずお琴の店に帰った左近は、待っていた小五郎に店の様子を見てくるよう命じ、中に入った。

千太郎は、幼《おさな》いながらに家の異変を感じてか、火のついたように泣いてお琴を困らせていた。

「よしよし、千太郎、おじちゃんが抱っこしてやろう」

左近が抱き上げると、千太郎は肩を震わせてしゃくり上げながら、母上は、と訊いてくる。

「大丈夫だ。母上はちと、用があるらしい。今夜はここで、おじちゃんと泊まろう」

千太郎は聞き分けよくこくりとうなずき、左近に抱きついた。

お琴が安堵した顔をして、微笑む。

泣き疲れた千太郎が眠ったあとで、お琴が左近を居間に誘い、気になることを小声で教えた。

千太郎の父親は、元武家だというのだ。

名前は磯村正次郎《いそむらまさじろう》。母親は瑞穂《みずほ》。

どうして商人になったのかはわからないが、千太郎が以前、正次郎を爺《じい》と呼んだことがあるという。

左近はそこが引っかかり、お琴に問う。

「千太郎は、正次郎について何か言ったか」

「いいえ、爺と呼んだのはその時だけで、いつもは父上と呼んでいます。正次郎さんと瑞穂さんは、歳が二十五も離れていますから、子供ごころについ出てしまったのだと、およねさんとは話してました」

お琴はそう言うが、左近は、二人がいなくなったことと、千太郎が正次郎を爺と呼んだことに繋がりがあるのではないかと考えた。

そして、もしなんらかの事情で千太郎を守るために、今日という日に預けたのなら、お琴が危ないとも思った。

小五郎が戻ったのは、程なくだ。

庭に片膝をつく小五郎を部屋に上げた左近は、お琴を交《まじ》えて問う。

「役人は動いたか」

「はい。皆で捜しております」

「今お琴から聞いたのだが、父親は元武家らしい。夫婦が失踪《しっそう》したわけを探ってくれ」

「承知しました」

「おれは、真相がわかるまでここに泊まる」

お琴と千太郎を守るためだと、左近が口に出さずとも理解した小五郎は、又兵衛に知らせると告げて下がった。

左近はお琴に向く。

「そういうわけで、今日からよろしく頼む」

頭を下げる左近に、お琴は笑みを浮かべた。

三

千太郎の親が見つからぬまま、二日目の夜を迎えた。

権八夫婦を含め、五人で夕餉をとっていた左近は、千太郎が、箸《はし》で多めに取った飯を大きな口を開けて入れようとしているのを見て微笑んだ。気づいたお琴が、口の周りについた米粒を取ってやり、自分の口に運んでいる。

視線を感じた左近がふと前を見ると、権八とおよねが白々《しらじら》しくよそを向いた。

「二人とも、なんだ」

問う左近に、権八がにやついた顔を向けた。

「いやね、こうして見ていると、お三方はすっかり家族みてえだなって、かかあと思っていたんですよ」

およねが続く。

「そうそう、おかみさんなんて、いいおっかさんぶりだもの。どうですおかみさん、子供が欲しくなったんじゃないですか」

お琴は照れたような顔をした。

「いやだわ、およねさん」

「左近の旦那」

権八に呼ばれて、左近は顔を向けた。

「うむ?」

「旦那はどうなんです。お琴ちゃんとのお子が欲しいんじゃないですかい?」

左近は、胸の内を見透《みす》かされた気がして返答に困った。

千太郎と過ごしたこの二日のあいだに、左近は、お琴との子がいればどんなに幸せかと思った時があったのは確かだった。だがお琴に、子が欲しいとは言えず、およねが代弁してくれたのを機にお琴の顔色をうかがったが、本心は読めぬ。

じっと左近を見ていた権八が、納得したようにうなずき、お琴に言う。

「お琴ちゃん、左近の旦那は欲しいようだぜ。顔にそう書いてある」

お琴はちらりと左近を見て、笑ってごまかした。

「権八さんよしてよ。左近様が困ってらっしゃるわ」

「いや、おれは、その……」

「お酒がないですね。今持ってきます」

お琴は左近に続きを言わせぬようにして、台所に行ってしまった。

背中を見ていたおよねが、左近に目を向けて口を尖《とが》らせる。

「もうじれったい。どうしてはっきり欲しいって言わないんですか」

左近は台所を見て、およねに小声で告げる。

「お琴は、商売に生き甲斐を感じているのだ。その邪魔をしとうない」

「それじゃ、おかみさん次第ってことですね」

およねが言うと、権八が口を挟んだ。

「かかあ、どうなんだい、お琴ちゃんは子供が欲しくないのか」

「前に訊いたら、授かり物だから、縁があるかないかはわからないって」

権八が腕組みをした。

「そりゃそうだ。おれたちが身に染みてるこった。旦那、はっきり言いやすが、お琴ちゃんが子を産めるのは、もう少ししか時はないですぜ。やることはやってるんですかい」

「馬鹿、子供の前で下品な訊き方するもんじゃないよ」

およねに背中をたたかれて、権八は問う。

「だったら、なんて訊きゃいいんだ。言ってみな」

およねが千太郎の背後から両耳を塞いで、居住まいを正して左近を見る。

「そう改まるなよ」

どうせ権八と同じようなことを言うのだろうと思った左近が、笑いながら杯《さかずき》を口に運んでいると、

「朝まで頑張りなさい！」

およねが真面目な顔で言うものだから、左近は酒を噴き出した。


その翌日——。

「ほう、すっかり板についているな」

裏から勝手に庭に入ってきた岩倉具家《いわくらともいえ》が、にやにやしながら口にした。

煮売り屋に来たところ、小五郎から左近が子守をしていると聞き、どれ冷やかしてやろうと告げて、こっそり来たのだ。

千太郎を膝に乗せて本を読み聞かせていた左近は、照れ笑いを浮かべた。

岩倉が目を細める。

「なかなかよい面構《つらがま》えをした子だな。将来が楽しみだ」

「そう思うか」

岩倉は左近にうなずき、歩み寄る。

隣に腰かける岩倉を見た千太郎が、左近に顔を向けてきた。

「おじちゃんの友達だ。ごあいさつしなさい」

すると千太郎は廊下に正座し、岩倉に頭を下げた。

「千太郎にござりまする」

元気のいい声に、岩倉は白い歯を見せ、向き合って頭を下げる。

「岩倉具家にござる。以後、お見知りおきを」

冗談めかして言う岩倉に対し、千太郎はにこりと笑った。

「よい子には、これを進ぜよう」

岩倉は、着物の袖《そで》から取り出した紙包みを、千太郎の前で広げた。

「わあ」

千太郎が目を輝かせたのは、金魚の飴細工《あめざいく》だったからだ。

左近が問う。

「いつも持ち歩いているのか」

「まさかな。京でよく見かけていたのを町の飴屋で見つけて、懐かしくなって求めたのだ」

「光代《みつよ》殿への土産《みやげ》ではないのか」

岩倉は笑った。

「そのような気遣《きづか》いをいたすな。さ、食べなさい」

岩倉に促された千太郎だったが、食べるのがもったいないのか、じっと眺めている。

日の光に当ててみたり、透明な部分に目を近づけて向こうを見ようとしたりする姿に目を細めていた岩倉が、左近に真面目な顔を向けた。

「小耳に挟んだのだが、綱吉のご落胤がいるそうだな。しかも、人の妻に産ませたそうではないか」

「噂の出どころがはっきりせぬが、おれは喜んでいる」

すると岩倉が、鼻で笑った。

「そんなことだろうと思うた。西ノ丸をそんなに出たいのか」

「それもあるが、お世継ぎが決まれば、鶴姫様の命も狙われまいし、何より桂《けい》昌院《しょういん》様が落ち着かれよう」

岩倉は、左近に眼差しを残しながら庭を向き、ひとつため息をついた。

「あの親子が、生類憐みの令を取り下げるとでも期待しているのか」

「うむ」

「あり得ぬ」

綱吉と桂昌院を嫌う岩倉らしい意見だが、左近は楽観していた。なぜなら、桂昌院の耳にも、生類憐みの令に対する庶民の嘆《なげ》きが届いているはずだからだ。

だが岩倉は、綱吉に世継ぎができるよう願って施行《しこう》された生類憐みの令だけに、願いが叶《かな》えば、御仏《みほとけ》に感謝する意味で、より厳しくするはずだと言う。

そして岩倉は、厳しい顔を左近に向けた。

「綱吉は、子を捜しておらぬとも聞いたが、まことか」

「実はそうなのだ。捜すよう言上したが、お聞きにならぬ」

「やはりあの噂はほんとうか。左近、気をつけろ」

「おれが、何に気をつけるのだ」

「鈍《にぶ》い奴だ。綱吉が動かぬのは、世継ぎと定めているおぬしが西ノ丸におるせいだと、ご落胤を連れている者は思うはずだ。邪魔に思われたら、命を狙われる恐れがあるぞ」

「考えてもみなかった」

「綱吉と五代将軍の座をめぐって争いが起きていた頃を思い出せ。ご落胤を将軍に望む者が、おぬしの命を狙うと思うておいたほうがいい」

確かに、当時は幾度か命を狙われたことがある左近は、岩倉の忠告を胸に刻《きざ》んだ。

お琴が店から上がってきたのにいち早く気づいた岩倉が、微笑んで頭を下げた。

お琴が笑顔で応じる。

「岩倉様、いらっしゃいませ。お茶もお出しせず、ご無礼をいたしました」

「気にしないでくれ。勝手に入ってきたのだ」

「今、お持ちしますね」

お琴は行きかけて、千太郎が飴を持っているのに目をとめた。

「まあ、きれいな細工ですね」

左近が告げる。

「岩倉殿がくれたのだ」

「ありがとうございます。千太郎ちゃん、よかったですね」

お琴が笑顔で言って台所に行くと、千太郎が走りながらついていった。

それを見ていた岩倉が、左近に言う。

「子はいいな。こころが和《なご》む」

「おぬしのところはまだか」

「その言葉、そっくり返す」

「すまぬ。近頃言われすぎておるので、つい口にしてしもうた」

岩倉は笑った。

「これぱかりは、神仏にしかわからぬ。縁があれば、来てくれよう」

「光代殿との暮らしはどうだ」

「まあ、楽しくやっている」

「好いた人と毎日顔を合わせられるのは、うらやましいな」

しみじみと言う左近を見た岩倉が、台所を気にしながら告げる。

「未練があるなら、お琴殿を口説《くど》き落としたらどうだ」

「西ノ丸には、入れられぬ」

「なるほど、それで出たがっているのか」

左近は微笑んだ。

「出たところで、お琴はここを離れぬであろう」

「あきらめているのか」

「お琴の気持ちを大事にしたい」

「心底惚《ほ》れておるのだな」

岩倉は左近の顔を見ていたが、庭に目を向けた。

「お琴殿は、商売をやめぬとしても、子は欲しいのではないか。話したことはあるのか」

「記憶にないな」

すると岩倉が、庭を眺めながら告げる。

「千太郎を見るおぬしの顔を見て思うたのだが、子を望むなら、一度話してみたらどうだ」

「望めば、お琴を苦しめることになろう」

「子を母から離さぬと約束してもか」

左近は、苦笑いをした。

「おぬしも、孫を望む舅《しゅうと》のようになっておるぞ」

「確かに」

左近は、岩倉をまじまじと見た。

気づいた岩倉が、いぶかしそうに見返す。

「なんだ」

「いや、所帯を持って、人が変わったと思うたまで」

岩倉は笑った。

「わたしは、何も変わってはおらぬ。おぬしたちのことを考えたまでだ」

「友とは、ありがたい。少々、お節介《せっかい》だがな」

「こいつ」

笑っていると、お琴が茶菓《さか》を持ってきた。

「楽しそうに、何をお話しされていたのですか」

茶台を置くお琴に頭を下げた岩倉が、笑みを向ける。

「千太郎が、よい子だと言うておったのだ」

「そうですか」

岩倉が遠慮なく問う。

「お琴殿は、どう思われる」

遠回しな言い方に、お琴は何が話されていたか察したようだ。ちらりと左近を見て、岩倉に微笑む。

「とってもいい子です」

「共に過ごしてみて、子が欲しいと思われたか」

「ええ、ご縁があれば」

あっさり答えたお琴に、左近は驚いた。

岩倉が、おぬしは遠慮しすぎだと言わんばかりの顔を左近に向ける。

左近はお琴を見た。

お琴はなんでもなさそうな様子で左近に茶を出し、ついてきていた千太郎の手を引いて台所に戻った。

「よかったな。あとは、おぬし次第というわけだ」

岩倉に背中をたたかれた左近は、なんとも言えぬ顔をした。

お琴は、本心から言ったのではなさそうだったからだ。

四

翌日、千太郎を家にばかりいさせるのは可哀そうだとおよねに言われた左近は、気晴らしに連れ出した。

外で肩車をしてやり、浜屋敷《はまやしき》に入った左近は、森の中を散策し、池にいる水鳥や魚を見せたりした。

千太郎は大喜びで走り回り、左近に随伴《ずいはん》した浜屋敷の家来たちは、離れた場所で控え、温かく見守っている。

一刻（約二時間）ほど遊ばせた左近は、腹が減ったと言う千太郎のために、家来に子供が喜びそうな食事の支度を命じて、海が見える庵《いおり》に上がった。

調《ととの》えられたのは、玉子焼きと、炙《あぶ》った海苔《のり》を巻いた三角おにぎりだった。

左近には少々甘い玉子焼きだったが、千太郎は喜んで食べ、三角おにぎりは、三つも平《たい》らげた。

元気な食べっぷりに左近は目を細め、およねが言うとおり、外で遊ばせたおかげだと思った。

帰る途中で眠そうにした千太郎を、左近はおんぶした。

「眠ってよいぞ」

千太郎はあくびをして、左近の背中に頰をつけた。

重くなった千太郎をおんぶして町中を歩む姿を、又兵衛が見ればなんと言うだろうか。

想像しただけでおかしくなった左近は、一人で微笑みながら、三島屋《みしまや》への道をゆっくり進んだ。

近くまで帰ってきたところで、左近の名を呼ぶ者がいた。

声がするほうを見ると、岩城泰徳がにやついて立っていた。

赤穂《あこう》藩士の奥田孫太夫《おくだまごだゆう》と、堀部安兵衛《ほりべやすべえ》もいる。

通りを走ってきた安兵衛が、驚いた顔で頭を下げた。

「新見殿、いつの間に子供を作ったのです」

言った途端に笑みを浮かべる安兵衛の冗談に、左近は乗った。

「先日、天から授かった。よい子だぞ」

「ははあ、天から降ってきたのですか」

青空を見上げて話を合わせた安兵衛が、歩み寄った孫太夫に告げる。

「天からの授かり物だそうです」

孫太夫は笑った。

「父親ぶりが、すっかり板についておりますぞ。のう、先生」

振られた泰徳が、左近に言う。

「権八から聞いて、今日は様子を見に来たのだ」

権八は確か今、本所の普請場《ふしんば》に通っている。いつ話したのだろうかと思っていると、泰徳が心配そうな顔で訊いた。

「子の親は、見つかったのか」

「いや、まだだ。中で話そう」

左近が煮売り屋に誘うと、三人は応じて入った。

客はまだおらず、左近は千太郎をかえでに預け、四人で向き合って床几《しょうぎ》に腰かけた。

三人は力になると言ってくれたが、左近は首を横に振った。

「赤穂藩は、桜田御門番《さくらだごもんばん》を命じられたばかりでお忙しいはず。お気持ちだけありがたくいただく」

頭を下げる左近に、孫太夫と安兵衛が顔を見合わせ、孫太夫が告げる。

「耳が早いな」

柳沢が命じるその場にいたとは言えるはずもなく、左近は噂を聞いたとごまかした。

すると安兵衛が、渋い顔でこぼした。

「ご公儀は、殿に対して風当たりが強い」

「おい」

口を慎《つつし》めと孫太夫が止めたが、安兵衛は、お二人は大丈夫だと言って続ける。

「次々とお役目を申しつけられるのを殿は喜んでおられるが、それがしはどうも、いいように使われておるとしか思えぬ。殿は元来、火消し役をお望みなのだ。門番を命じられたのも結局のところは、石垣の修復に銭を使わせるためであろう」

「いい加減にしろ。ここはいいとしても、外の者に聞かれてご公儀の耳に入れば、咎《とが》められるのは殿だぞ」

泰徳は左近をちらりと見て、安兵衛をなだめにかかった。

「奥田殿が申されるとおりだ。不服は言わぬほうがよい」

「わかっておりますが、どうにも我慢ならぬのです。我らはこれまで、火消しのために鍛錬《たんれん》を重ね、城下を守ってきた自負がござる。殿のお気持ちを思うと、悔しいのです」

泰徳がうなずく。

「気持ちはようわかる。だが、ひとつの役目に終わらぬのが武家であろう。いろいろと申しつけられるのは、それだけ、内匠頭《たくみのかみ》様が優《すぐ》れているということではないのかな」

安兵衛は嬉しそうな顔をした。

「それは、そうでござろうが」

「今日は飲もう」

孫太夫が安兵衛の背中をたたき、かえでに酒を注文した。

酒を酌《く》み交《か》わしたところで、孫太夫が左近に告げる。

「今日来たのは、子守をするおぬしを見たいのもあるが、もうひとつ、大事な話があってな」

左近は杯を置き、改まる孫太夫を見た。

孫太夫が酒で喉《のど》を潤《うるお》し、明るい顔を向ける。

「殿はついに、おぬしと会《お》うてみるとおっしゃったぞ」

驚きと戸惑いを顔に出さぬ左近に、安兵衛がうなずく。

孫太夫が続けた。

「こたびは本気じゃ。今は役目替えで忙しいが、来年の春には、会うと仰《おお》せになられた」

「さようか」

まだ日がある。内匠頭の気が変わるのを祈っておこう。

胸の内でそうつぶやいた左近に、安兵衛がいぶかしげな顔をした。

「顔色が優れぬが、ご迷惑ですか」

「いや、そうではない」

「はは、待つのは長いですからな。気持ちはわかりますぞ」

決めつけて言う安兵衛に、左近は話を合わせた。

「来年が、今から楽しみだ」

すると孫太夫が満足そうにうなずき、酒をすすめてきた。

それから四人は、剣術の話に移り、半刻《はんとき》（約一時間）ほど語り合ったところで、三人は帰っていった。

大人の声を聞きながらよく眠っている千太郎を見たかえでは、大物になると言って笑った。

左近は、目をさますまで眠らせてやろうと思い残っていると、留守にしていた小五郎が戻ってきた。

左近の姿を認めた小五郎は、客がいないのを確かめて歩み寄り、頭を下げて告げる。

「千太郎の親について、わかったことがございます」

小五郎の顔色で察した左近は、千太郎をかえでにまかせて、お琴の家に戻った。

奥の部屋で向き合うと、小五郎はさっそく告げた。

「磯村夫婦の店の周囲から当たったところ、同じ通りに暮らす、母親の瑞穂と仲がよい者から話を聞けました。二人は駆け落ちした夫婦で、瑞穂は、上野国《こうずけのくに》一万五千石、行田藩《ぎょうだはん》国家老の娘だそうです」

「そうであったか。どうりで、千太郎の躾がようできている」

「念のため調べましたところ、藤塚勘三郎《ふじづかかんざぶろう》の娘に、確かに瑞穂の名がございました」

「駆け落ちとこたびの行方知れずは、繋がりがあるのか」

「そこはわかりませぬが、瑞穂は、仲のよい女将《おかみ》に駆け落ちのわけを詳しく話しておりました」

小五郎が述べたのは、瑞穂と千太郎のことだ。

瑞穂は国許《くにもと》で、逢引《あいびき》をした相手の子を孕《はら》んでしまい、厳格な父親が激怒し、生まれた子は殺すと告げていた。父親の家来だった磯村は、悲しむ瑞穂を哀《あわ》れみ、手を取って出奔《しゅっぽん》したのだという。

磯村は夫婦と偽《いつわ》り、細々《ほそぼそ》と商いをしながら、あるじの娘と子を守って暮らしていたのだ。

磯村のしたことは不忠かもしれぬが、そのおかげで、千太郎がいる。

左近は、己を犠牲にして瑞穂と千太郎を守った磯村の勇気に、胸を打たれた。

「このような話を、女将からよう聞き出したな」

「いなくなった二人を案じてのことでしょう。こちらを役人と思い込ませましたから」

左近は改めて、小五郎の手腕を頼もしく思った。

二人は、可愛い子を残してどこに消えたのか。仲のよい女将は心配するばかりで心当たりがなく、左近は小五郎に、瑞穂の父親を調べるよう命じた。

すぐに江戸を発《た》った小五郎は、国家老である瑞穂の父親を調べに、行田藩の領内に走った。そして、五日後に戻った小五郎は、左近に思わぬことを告げた。

「父親は瑞穂を勘当し、屋敷では、二人の名を出すことも許されておらぬそうです」

「厳しいようだが、見方を変えれば、娘の好きなようにさせたとも取れる。では、誰が二人を攫《さら》ったのか。父親は今、どうしている」

「ひと月前に藩主に召し出され、江戸の藩邸に詰めているそうです」

「父親は、瑞穂が江戸にいるのを知っておるのか」

「そこを知る者は、おりませんでした。江戸の藩邸を、探りますか」

「いや、国許での話を聞く限り、娘を無理やり連れ戻したとは思えぬ。商売上の揉めごとがなかったか、もう一度店の周囲を当たってくれ」

「承知しました」

小五郎は、配下を動かして調べなおしたが、手がかりはなく、二人の消息は杳《よう》としてつかめなかった。

三島屋に一人の侍が来たのは、さらに十日が過ぎた、蒸し暑い日の午後だった。

千太郎と縁側にいた左近のところに、お琴が慌てた様子で告げに来た。

「今店に、千太郎ちゃんを迎えに来たとおっしゃるお武家様がまいられました」

左近は千太郎をお琴にまかせ、店に出た。

紋付羽織《もんつきはおり》に袴姿《はかますがた》の侍は、三十代だろうか。左近に凜々《りり》しい顔で頭を下げて名乗った。

「拙者、西橋《にしはし》と申します。瑞穂様から、千太郎様がここにいるとお聞きし、お迎えに上がりました」

態度は神妙だが、目つきがどうにも胡散臭《うさんくさ》く思えた左近は、返答のかわりに問い返した。

「我らは今日まで、突如《とつじょ》いなくなられた磯村殿ご夫婦を捜しておりました。今どこにおられるか、お聞かせいただこう」

西橋は、目を泳がせた。

「それは、わけあって申せませぬ」

「さようか。では、お帰りくだされ」

西橋は焦りの色を浮かべた。

「それでは困ります」

「素性《すじょう》の知れぬ者に、渡すわけにはまいらぬ」

拒《こば》む左近に、西橋は何か言おうとしたが、下を向いた。

「わかりました。出直します」

頭を下げて帰る西橋を見て、およねは不安そうな顔をして左近に歩み寄った。

「止めなくていいんですか」

「あっさり引き下がったのが、どうにも気に食わぬ」

左近はそう告げて表に出ると、帰る西橋の背中を見つめた。

店から顔を出した小五郎に顎《あご》を引くと、応じた小五郎は、前垂れを取ってあとを追った。

小五郎に気づかぬ西橋は、愛宕下《あたごした》を城の方角に向かい、虎ノ門《とらのもん》を潜った。すぐ左に曲がり、少し進んだ先の藩邸の裏手に回ると、潜り戸から入った。

表に回った小五郎は、頭に入っている屋敷の門を見上げた。

上野国下小泉藩《しもこいずみはん》一万石の上屋敷は、小五郎が立ち止まっても門番が一人も出てこず、ひっそりと静まり返っている。

そのわけも知っている小五郎は、左近に知らせるべく、急ぎ戻った。

小五郎から藩の名を聞いた左近は、若きあるじ、小杉対馬守明澄《こすぎつしまのかみあきずみ》を想う。

小杉明澄は今、重い病《やまい》に取り憑かれ、闘病の身。

明日をも知れぬ状態だと聞いているだけに、家来が千太郎を連れていこうとしたのは、瑞穂と逢引をしたのが明澄ではないかと疑うも、その考えはすぐに改める。なぜなら、明澄は今、十八歳だからだ。

年が明けて五歳になった千太郎の父親ならば、十四の時に生まれた子になる。

お琴から聞いている瑞穂の歳は、二十一だ。

「あり得ぬだろうな」

ぼそりとこぼす左近に、共に話を聞いていたお琴が顔を向けた。

「そうでしょうか。子は天からの授かり物ですから、想い合う二人が結ばれたのならば、父親かもしれません」

小五郎が続く。

「お琴様がおっしゃるとおりならば、病に臥《ふ》されたことで、出奔した瑞穂殿を捜したとも考えられます」

左近は解《げ》せなかった。

「しかし、店には争った跡があった。逢引をした仲の瑞穂に、手荒な真似《まね》をするだろうか」

「瑞穂殿が千太郎を手放したくなくて、お琴様にお預けされたとすれば」

「筋が通るか」

小五郎の言葉に納得した左近は、西橋がふたたび来ると踏んで、しばらく待つことにした。

この決断が、思わぬ事実を炙り出すことになろうとは、左近は考えてもいなかった。

五

西橋某《なにがし》がふたたび三島屋に現れたのは、二日後のことだ。

対応したお琴に、困り果てたとも、切羽詰《せっぱつ》まったとも取れる様子で頭を下げた。

「今日こそは、なんとしても千太郎様をお連れして帰りたく、何とぞ、新見殿にお取りなしいただきたい」

お琴は西橋に告げる。

「わかりました。少々お待ちください」

お琴が板の間の上《あ》がり框《かまち》に腰かけるよう促したが、西橋は立ったまま待った。

小五郎が表から入ってきたのは、間もなくだ。

煮売り屋の大将よろしく、町人の身なりをしている小五郎から、

「ご案内します」

そう声をかけられた西橋は、困惑した面持《おもも》ちをしながらも、黙ってついてきた。

小五郎が浜屋敷に続く道に入ると、西橋はしきりに、堀の向こうに見える漆喰《しっくい》の塀に囲まれた、広大な浜屋敷を気にしはじめた。そして、小五郎に声をかける。

「おい、どこに連れていくつもりだ」

小五郎は黙って歩みを進め、浜屋敷の表門の前で立ち止まると、橋を渡るよう促した。

西橋は顔を蒼白《そうはく》にして、重厚な門と小五郎を順に見た。

「千太郎様は、こちらにおられるのですか」

敬語まで使いはじめた西橋に、小五郎は真顔でうなずき、足を進める。

門に近づくと、声をかける前に脇門が開けられた。

小五郎から入るよう促された西橋の額から、玉の汗が流れた。

案内に従って庭に入った西橋は、障子が開けられた大広間の縁側を示されるまま、歩み寄る。

小姓《こしょう》が現れ、上がるよう告げた。

だが西橋は、地べたに片膝をつき、

「ここで結構にござりまする」

小姓に頭を下げた。

頭上の廊下で衣擦《きぬず》れの音が止まったのは、程なくだ。

「面を上げよ」

落ち着いた声に応じて頭を上げた西橋は、愕然《がくぜん》とした。目の前に立っていたのが、三島屋で見知った、新見左近だったからだ。

白を基調とした羽織に金糸《きんし》で刺繡《ししゅう》された、葵《あおい》の御紋《ごもん》を見た途端、西橋は正座し、平伏《へいふく》した。

左近が濡《ぬ》れ縁《えん》に片膝をついて、平伏したままの西橋に厳しい目を向けた。

「本日は徳川綱豊として問う。そのほうは何者じゃ。面を上げて答えよ」

西橋は言われるまま頭を上げ、左近とは決して目を合わさず告げた。

「正直に申し上げます。それがしは、下小泉藩江戸家老、丹原元貞《たんばらもとさだ》にございまする。西ノ丸様とは存じ上げず名を偽ったこと、平にご容赦《ようしゃ》願いまする」

「藩名と名を隠したわけは、千太郎のまことの父親に関わるからか」

「ご明察のとおり、千太郎様は我があるじ、小杉対馬守の一粒種にござりまする」

幼くとも、想い合う二人が結ばれ、子を授かることもあると言ったお琴の言葉が頭に浮かんだ左近は、納得した。

「やはりそうだったか」

未婚の明澄には、千太郎しか子がいない。それゆえの、丹原の焦りであろう。

丹原は、左近にすべてを話した。

明澄は十二歳の時に、国許で馬の遠乗りをしていたのだが、随伴する馬廻衆《うままわりしゅう》を引き離して走らせているうちに、うっかり隣の藩の領地に入ってしまった。山で道に迷って里に出たのだが、領地の民と畑を耕《たがや》していた瑞穂と出会い、一目惚《ひとめぼ》れしたのだ。

そこまで話した丹原が、左近に神妙な顔を向けた。

「殿は当時、まだお世継ぎが決まっておりませんでしたから、国許の陣屋《じんや》でお暮らしでございました」

確かに丹原が言うとおり、明澄は腹違いの次男だ。江戸の長男が急な病で身罷《みまか》ったのは三年前。先の藩主はひどく落ち込んで己の名も忘れるようになり、奏者番《そうじゃばん》のお役目を辞して隠居したのだ。

それを機に三万石から一万石に減俸《げんぽう》され、明澄が重い病に臥した今日《こんにち》まで、小杉家は苦難が続いている。

左近は気の毒になり、丹原に言う。

「まことに千太郎は、明澄殿のお子なのだな」

下を向く丹原の目から、光る物がこぼれ落ちた。

「殿はお若いゆえ、お疑いはごもっともにござりまする。瑞穂様に一目惚れした殿は、馬の遠乗りをするたびに随伴の者から離れ、瑞穂様とお会いするうちに相《あい》惚《ぼ》れの仲になられたのです」

「そうと知っていて、何ゆえ今日まで放っておいたのだ」

左近の問いに、丹原は辛《つら》そうな顔をした。

「江戸家老としておそばに仕《つか》える身でありながら、お恥ずかしいことなのですが、それがしが千太郎様の存在を知ったのは、つい先日なのでございます」

左近は厳しく問う。

「それで瑞穂殿を捜し出し、手荒な真似をしたのか」

「滅相《めっそう》もございませぬ」

平伏する丹原に、左近は追及を止めぬ。

「では何ゆえ、千太郎が三島屋におると知ったのだ。瑞穂殿と磯村正次郎から聞いたのではないのか」

「おそらく、お二人を攫《さろ》うたのは行田藩の者ではないかと」

左近は、さらに問う。

「瑞穂の父、藤塚勘三郎が無理やり連れ戻したと申すか」

「いいえ、これには、藩主剣崎掃部頭胤次《けんざきかもんのかみたねつぐ》殿が絡んでおるに相違《そうい》ございませぬ」

左近は、目つきが鋭い剣崎の顔が頭に浮かんだ。

「掃部頭が、何ゆえ瑞穂殿を攫う」

「おそらく剣崎殿も、千太郎様の存在を知ったのではないかと。これより、西ノ丸様をはじめ、ご公儀もご存じない、小杉家と剣崎家の話をいたします」

そう述べた丹原は、居住まいを正して語った。

「殿が瑞穂殿と出会われた当時、先代と剣崎殿は奏者番のお役目を争い、何かと対立しておりました。ご存じのとおり、軍配《ぐんばい》は当家に上がり、それを根に持った剣崎殿が、若き殿に代替わりした今も目の敵《かたき》にしてございます。今では鬼の首を取ったかのごとく、殿が病に倒れたのは、他家の家臣の娘を手籠《てご》めにした罰《ばち》が当たったのだと、言いふらしてございます」

悔しそうに唇を嚙《か》みしめ、涙をこらえる丹原に、左近は問わずにはいられない。

「では剣崎は、家来である藤塚の娘が明澄殿の子を産んだと知って、連れ戻せと命じたと申すか」

目を赤くしている丹原は、大きくうなずいた。

「今日明日にも殿に万が一あらば、嗣子《しし》がおりませぬので小杉家は断絶と、ご公儀から通達されてございます。当家を逆恨《さかうら》みする剣崎殿は、この機を逃すまいとされた違いありませぬ」

「そう決めつけるわけを申せ」

「はは。実は本日、新見殿にお見せいたそうと、持ってきた物がございます」

丹原は懐《ふところ》から一通の書状を取り出し、小五郎に差し出した。

小五郎から受け取った左近は、開く前に問う。

「これは？」

「瑞穂様から、殿に届いた文にございます」

左近は文に目を通した。そこには、千太郎を託したいと願う瑞穂の想いが綴《つづ》られていた。

何らかの理由で身に迫る危険を知った瑞穂は、店から近く仲のよい女将ではなく、攫うた者が知り得ぬお琴に千太郎を預けておいて、明澄に文を送ったに違いなかった。

明澄に文が届いたものの、子がいるなど降って湧いたような話であったため、事情を調べるのに手間取り、引き取りに来るのが遅れたと、丹原が言い添える。

文を見て、剣崎の手の者か、あるいは父親の藤塚に連れ戻されたのだと確信した左近は、二人の身を案じる。同時に、剣崎は小杉家を忌《い》み嫌うあまり、先が短いと言われる明澄の跡取りになりうる千太郎を奪い、お家の断絶を望んでいるのではないかと考え、丹原を待たせておき、小五郎を奥の座敷へ呼んだ。

「急ぎ、剣崎を探れ。よからぬたくらみがあるようにしか思えぬ」

「承知いたしました」

小五郎は忍びの表情になり、音もなく去った。

表に戻った左近は、頭を下げる丹原に告げる。

「千太郎は、引き続き余が預かる」

丹原は落胆した。

「案ずるな。そのほうの話を信じぬわけではない。余に考えがあるゆえ、今日のところは下がれ」

「はは」

「待て、明澄殿の具合はどうじゃ」

立とうとしていた丹原は、辛そうに告げる。

「よくなる兆《きざ》しが見えませぬ」

「では本日中に、余の医者を遣《つか》わす。お忍びで行かせるゆえ、頼むぞ」

丹原は左近に嬉しそうな顔を見せながら頭を下げ、帰っていった。

六

その夜、麻布《あざぶ》の下屋敷に入った剣崎掃部頭は、音もなく屋根裏をついてくる小五郎に気づくはずもなく長い廊下を歩み、側近が待つ座敷の上座に着いた。

苛立《いらだ》った様子で脇息《きょうそく》にもたれかかり、側近を睨《にら》む。

「千太郎は、まだ手に入らぬのか」

「殿の言いつけを聞かなかった藤塚はともかく、磯村と瑞穂は口が堅く、今のままでは吐きませぬ。拷問《ごうもん》をお許しください」

「拷問などすれば死んでしまう。藤塚は国許の藩士や領民に慕《した》われておるゆえ、恨みを買うと大ごとになるやもしれぬ。あくまで子を案じている体《てい》で吐かせるのじゃ」

「されど手をこまねいておりますと、明澄に盛った毒が臓腑《ぞうふ》を腐らせはじめます」

「間者《かんじゃ》はなんと申しておる。小杉は千太郎を手に入れたのか」

「江戸家老が動いておるようですが、まだのようです」

「ならば、今死んでもよいではないか」

「いいえ、江戸家老は、明澄に何かあれば、ご公儀に訴えると申していたと、間者から知らせがございました。何かつかんでおるのやもしれませぬ。このますぐに死なすのはまずいかと」

「とにかく、千太郎が江戸家老の手に渡る前に吐かせろ。奴らに奪われてしもうたら、お家断絶の策が水の泡となるぞ」

「どうか、拷問を……」

「それはならぬと言うておる」

言葉を被《かぶ》せた剣崎は、しばし考え、悔しそうに目をつむった。

「こうなれば、瑞穂を脅《おど》すしかあるまい。余が直々《じきじき》に問いたいが、これより行かねばならぬところがある。明日の朝までには戻るゆえ、待っておれ」

「このような時に、いずこへ行かれます」

「決まっておろう。幕閣に会いにゆくのじゃ。出世の道を開くめどが立った」

「おめでとうございます」

「まだ決まっておらぬ。が、見ておれ。小杉より出世してくれる。余が戻る前に千太郎の居場所を吐かせれば、そのほうには望むままの褒美《ほうび》を取らせる。拷問せずに、吐かせてみよ」

「はは。もう一度、説得してみまする」

忙しく帰る剣崎を表門で見送った側近の侍は、振り向いてため息をつき、牢屋がある建物に向かった。

お琴の家にいた左近は、戻った小五郎から話を聞き、隣の部屋でお琴と眠っている千太郎を見た。

「確かに、毒を盛ったと申したのだな」

「はい」

「では、東洋《とうよう》と力を合わせて明澄殿を救ってくれ」

「剣崎は、いかがなさりますか」

「余に考えがある。これから申すとおり、かえでに伝えよ」

左近は小五郎を近くに寄らせ、知恵を授けた。

小五郎は微笑み、頭を下げて去った。

隣の部屋に戻った左近は、千太郎の前にあぐらをかき、乱れた夜着《よぎ》を腹にかけてやった。その左近の手に、お琴が手を重ねてきた。

「起こしてしまったか」

お琴は、有明行灯《ありあけあんどん》の明かりの中で、寂しそうな顔をしている。

「千太郎ちゃんは、行ってしまうのですか」

「この子がおるべきところにな」

「ほっとしましたが、なんだか、寂しゅうございます」

「子が欲しいか」

お琴は微笑んだ。

「わたしには、もう無理にございましょう。縁がないのです」

「千太郎と接するそなたを見ていて思うたのだが、産めずとも、縁があれば子を引き取って育てるのもよいのではないか」

お琴は、左近の手にそっと力を込めた。

応じた左近は、お琴を抱き上げ、己の布団に招いた。

西川《にしかわ》東洋の家に向かう小五郎と別れたかえでは、行田藩の下屋敷へ到着すると、難なく忍び込んだ。

小五郎から教えられたとおりの場所へ迷わず走り、出入り口を守る番人に猫足で忍び寄る。

あくびをした番人は、うっ、と短い息を吐き、意識を失った。倒れるのを受け止めたかえでが、背中を柱につけて座らせ、中に忍び込んだ。

薄明かりの中で、敷かれた布団で横になっていた瑞穂は、気配に気づいて頭をもたげた。格子《こうし》の外に、人がいる。

「誰ですか」

「瑞穂さん、わたしです。煮売り屋のかえでです」

瑞穂は驚いて起き上がり、かえでのそばに寄った。

「かえでさん、どうやってここに。千太郎は無事ですか」

「安心してください。ご無事です。磯村殿は」

「父と連れていかれたまま、戻ってきません。父は、わたしと千太郎を連れ戻せという殿の言いつけに反しましたから、二人で拷問されているのではないかと案じております」

「瑞穂さん落ち着いて。剣崎掃部頭は、拷問を禁じています。明日は必ず助けが来ますから、千太郎ちゃんのために、今から言うとおりにしてください」

「千太郎のためなら、なんでもします。おっしゃってください」

かえではうなずき、耳を向ける瑞穂に、左近の策を伝えた。

目を見張った瑞穂は、

「あなたはいったい……」

何者ですかと訊こうとして顔を向けた時には、かえでの姿はそこになかった。

「かえでさん」

呼んだが返事はなく、薄暗い牢屋は静かだった。


翌朝、早々と下屋敷に来た剣崎掃部頭は、側近から不首尾《ふしゅび》を聞かされ、顔をしかめて舌打ちをした。不機嫌極まりないのは、出世への道が遠のいたからでもある。昨夜、幕閣に付け届けを贈ったものの、誠意が足りぬと、突っぱねられたのだ。

持参した金というよりも、人を見くだしたような態度が悪かったのだが、剣崎はそこに気づいていないのだから、どうしようもない。

「これもすべて、奏者番になりそこねたからだ。あれから、余は人に馬鹿にされておる」

などと思い込み、小杉家に対する憎悪を増していた剣崎は、千太郎の居場所を聞き出せなかった側近を蹴り、怒鳴った。

「余が手本を見せてやる。三人ともこれへ連れてまいれ！」

馬の鞭《むち》を廊下にたたきつける剣崎の剣幕に、側近は慌てふためいて動いた。

玉砂利《たまじゃり》が敷かれた庭に引き出された藤塚勘三郎を睨んだ剣崎は、不忠者と罵《ののし》り、続いて引き出され、藤塚と並んで正座する磯村を睨み、瑞穂に対しては、恨みに満ちた顔を向けた。

濡れ縁から下り、瑞穂の前に立った剣崎は、腰の刀を抜いて、藤塚に切っ先を向けた。

「問うのはこれが最後じゃ。言わねば瑞穂、そちの父を斬る。申せ、千太郎をどこに隠した」

瑞穂は三《み》つ指《ゆび》をついた。

「お教えしますから、どうか、お刀をお引きください」

すると藤塚が、驚いた顔を向けた。

「瑞穂、言うてはならぬ」

「黙れ！」

剣崎は、藤塚の顔を柄頭《つかがしら》で打ち据えた。

口から血を流す父を見た瑞穂は、剣崎に告げる。

「千太郎は、西ノ丸様にお預けしてございます」

剣崎はすぐには理解できなかったらしく、目をしばたたかせた。

「今、なんと申した。もう一度言うてくれ」

かえでを信じている瑞穂は、剣崎の目を見た。

「徳川綱豊公が、お守りくださっております」

剣崎は目を見開き、顔を引きつらせた。

「馬鹿者！　大嘘《おおうそ》をつくにしても、相手を選べ相手を。そのお名前を容易《たやす》く使うでない。申せ、千太郎はどこじゃ！」

「嘘ではありませぬ！」

「なっ！」

怒りを通り越した剣崎は、笑いはじめた。

「親子揃《そろ》うて余を馬鹿にしおって。瑞穂、父より我が子を選んだそなたを褒《ほ》めてつかわす」

告げた剣崎は、側近に刀を差し出し、藤塚を斬れと命じた。

側近は戸惑いながらも刀を受け取り、瑞穂を見た。

「命令じゃ。斬れ！」

怒鳴った剣崎に、表から来た家来が駆け寄って告げた。

「申し上げます」

「なんじゃ！」

「たった今、表門へ西ノ丸様がまいられました」

「えっ！」

愕然とした剣崎は、瑞穂と表門の方を順に見て、慌てて迎えに走った。

表門はすでに開けられており、露払《つゆはら》いを先頭に行列が入ってきた。

又兵衛の声で行列が止まる中、剣崎が大名《だいみよう》駕籠《かご》まで走って、片膝をついて頭を下げた。

小姓が戸を開け、草履を揃えて置く。

千太郎を抱いて降りた左近は、深々と頭を下げている剣崎に面を上げさせ、微笑む。

「この子は、実によい子じゃ。聞けば掃部頭殿、そのほうの家来の娘が産んだ子だそうだな」

「いや、その、はい」

しどろもどろになる剣崎に、左近は飄々《ひようひよう》と続ける。

「そこで今日は、そのほうに頼みがあってまいった」

「はっ。それがしにできることとなれば、なんなりといたしまする」

「それはありがたい。実は、余が親しくしている小杉対馬守が重い病に臥せり、明日をも知れぬ。彼《か》の者には跡継ぎがおらぬゆえ、何かあればお家が絶《た》えてしまう。余は、日々案じておるのじゃ」

剣崎は、引きつった笑みで応じる。

「西ノ丸様にそこまでご心配されて、対馬守殿は幸せ者でございます。して、それがしは何をいたせば」

「このよき子を、小杉家の養嗣子《ようしし》にと思うのじゃが、掃部頭殿の家来の孫とあっては、勝手に進められぬ。そこでどうであろう、この子を一旦余の子といたし、友である小杉の養子にしてやりたいのだが、許してくれぬか」

剣崎は目を白黒させた。

「さて、困りました。それがしに異存があろうはずもございませぬが、上様が、なんとおっしゃいますか」

「それは案ずることはない。すでにご相談申し上げておる。上様は、小杉家が断絶するのは忍びないと仰せになり、そのほう次第じゃとおっしゃった」

「さ、さようでございましたか。上様が……」

「うむ。彼のお方は、大名同士がいがみ合うのをもっとも憂えておられるゆえ、さよう申されたのだ」

左近の厳しい眼差しを見た剣崎は、蛇に睨まれた蛙《かえる》のごとく、身を硬直させた。

「掃部頭殿、ご返答を」

元大目付《おおめつけ》で、鬼と言われた又兵衛に迫られ、剣崎は地べたに平伏した。

「西ノ丸様のご意向に従いまする」

「そうか。それはありがたい。ではもうひとつ、頼みがある」

「はは、なんなりとお申しつけください」

「千太郎はまだ五つゆえ、母御《ははご》から離すのは忍びない。そこで、確か名は、瑞穂殿だったか。掃部頭殿、母御を共に、小杉家へ入れようと思うゆえ、今すぐ、これへ連れてまいれ。今日はまた一段と暑い日じゃが、何を震えておる」

左近に言われた剣崎は、裏返る声で家来に命じ、瑞穂を連れてこさせた。

千太郎と抱き合う瑞穂を見て安堵した左近は、藤塚と磯村も連れてこさせ、四人を連れて引きあげた。

剣崎は、呆然《ぼうぜん》として行列を見送っていたが、はっと我に返り、側近に告げる。

「ただちに、明澄に毒消しを飲ませろ。奴が死ねば、わしが西ノ丸様に殺される。早う行け！」

怒鳴った剣崎は、血圧が上がったのか、泡を吹いて倒れた。

大騒ぎする家来たちを物陰から見ていた小五郎は、かえでと顔を見合わせて笑った。

「明澄殿には毒消しを飲ませた。東洋先生は、治るとおっしゃったぞ」

「ようございました」

微笑むかえでにうなずいた小五郎は、行こうか、と言い、左近の行列を追って走り去った。

駕籠に付き添って歩む左近は、母に甘える千太郎の声を聞きながら、空を見上げた。

江戸の空は青く、遠い先に、入道雲《にゅうどうぐも》が湧き上がっている。

第三話　一矢《いっし》の毒

一

「ええい、綱吉め。余《よ》の奥を慰《なぐさ》み者《もの》にしておきながら……」

寝所から届いていた、呻《うめ》き声にも似た恨《うら》み言《ごと》が止まった。

藩邸の森の奥から、微《かす》かに梟《ふくろう》の声がする。

寝所を守る馬廻衆《うままわりしゅう》の二人は、その森の向こうにある城のほうを睨《にら》み据《す》えて、悔しそうに歯を食いしばり、両の拳《こぶし》に力を込めている。

「おのれ！」

また、寝所からあるじの声が聞こえはじめた。馬廻衆の二人は振り向き、一転して心配そうな顔をした。

一人が案じるあまり持ち場を離れようとするのを、同輩が腕をつかんで止めた。

よせ、という目顔で首を横に振ると、止められたほうは、その手をつかんだ。

「源治郎《げんじろう》離せ。今のお声は尋常ではない」

「落ち着け又左《またざ》。近頃の殿はあのご様子だ。障子を開ければお手打ちにされる」

「あのお優しい殿が……」

顔を歪《ゆが》めて悔し涙を流した又左は、目をつむって前を向いてうつむいた。

寝所からは、あるじの恨み言が続いている。

二人がこの持ち場に立って、三刻（約六時間）が経《た》とうとしている。

一晩中、苦しむあるじの声を聞いていた忠臣の二人は、じっと耐えている。

「これもすべて、奴のせいじゃ！　奴さえいなければ！」

あるじの言葉の意味を知る源治郎と又左は、森の奥にある空に、怒りの眼差しを向けている。

「源治郎、おれはもう我慢ならぬ。殿の苦しみを取り除くのが、我らの務めではないのか」

源治郎は空を見据《みす》えたまま答えた。

「命を捨てる覚悟あっての言葉か」

又左は源治郎を見た。

源治郎も顔を向けると、又左は意志の強そうな表情で顎《あご》を引いて見せた。

源治郎が微笑《ほほえ》んで口を開く。

「おれも共に、藩史に名を残してやろう」

「やめておけ、名は隠す」

「それでも行くさ。無二の友であるおぬし一人だけに、いい顔はさせぬ」

二人は目を見つめ、覚悟を決めた顔でうなずき合った。

二

西ノ丸の居室にいた左近の前に、穏やかな顔をした又兵衛が座した。

朝餉《あさげ》の途中だった左近は、何か言いたそうな又兵衛を見ずに横を向き、飯を口に運ぶ。

聞かぬという左近の態度に、又兵衛は反抗の面持《おもも》ちで口を開く。

「ああそうですか。朝からそれがしの声など聞きとうない。わかりました。別にお琴様との舟遊びをおやめくださいなどと野暮《やぼ》を言いに来たのではなく、千太郎についてお耳に入れようと思いましたのに」

行こうとする又兵衛に、左近が声をかける。

「まあ座れ。又兵衛、行くな」

茶碗を置く左近の前に又兵衛が嬉しそうな顔で座し、身を乗り出した。

「殿のおかげで晴れて親子三人で暮らせるようになり、小杉対馬守殿は幸せそうでしたぞ」

「本人と会《お》うたのか」

「はい。昨夜それがしの屋敷を訪ねてまいりました。お礼に上がりたいと頼まれましたが、いかがなされますか」

小杉明澄は西ノ丸へ直《じか》に来るのを遠慮して、又兵衛を頼ったのだ。

「千太郎も来るのか」

「嗣子《しし》となった姿をお見せしたいと、小杉殿は申しておりました」

千太郎と過ごした日々を思い出した左近は、顔がほころんだ。

「うむ、では許す。明後日《あさって》には戻るゆえ、さよう伝えてくれ」

「お琴様にも、くれぐれもよろしくお伝えくだされと、申しておりました」

「伝えよう。お琴も喜ぶ」

左近がふたたび食事をとるのを見つつ、又兵衛がまだ何か言いたそうな面持ちをしている。

昆布《こんぶ》の佃煮《つくだに》で飯を一口食べた左近が、箸《はし》を止めた。

「他にも何かあるのか」

又兵衛が告げる。

「例の、ご落胤《らくいん》の話を耳にしました」

「見つかったか」

身を乗り出す左近に、又兵衛は渋い顔をした。

「まだ期待されているのですか」

「めでたい話を期待して何が悪い」

「千太郎のようにはいきませぬ。上様は改めて、世継ぎは殿だと、世に知らしめるおつもりだそうです」

左近は箸を落とした。

又兵衛が拾って差し出し、嬉しそうな顔をする。

「殿はともかく、これで、案じていた者は胸をなでおろすでしょう。大勢の者が信じることで、嘘《うそ》がまことになる場合もあるのです」

あくまで六代将軍を望む又兵衛が、こっそり神仏に祈願しているのを小五郎からつい先日聞いたばかりの左近は、思わず身震いした。

又兵衛が身を乗り出す。

「ということで殿、桜田の屋敷に下がられるのはおあきらめください。この又兵衛、命尽きるまでお仕《つか》えする所存」

「六代将軍は紀州《きしゅう》殿だ。そこは変わらぬぞ」

「たとえそうであろうと、いずれは殿が、本丸のあるじになられると信じております」

「だがな……」

「お邪魔をいたしました」

下がる又兵衛に、左近は苦笑いをした。

「頑固な奴だ」

小姓が箸を替えようとしたのを断った左近は、残りの食事をとりながら、ふと考えた。

綱吉は何ゆえ、ご落胤を捜そうとしないのか。

実の父と暮らしはじめた千太郎と重ねて、七歳の子を想う。粗末に扱われてはいないだろうが、綱吉が綱豊を世継ぎと改めて世に示せば、母と子は捨てられたも同じ。大名か旗本かは今の時点ではわからぬが、噂《うわさ》の元になっている家の者が名乗り出ぬからには、真相は藪《やぶ》の中だ。当主の血を引かぬ子は、家の中で肩身の狭い思いをするのではないだろうか。

そう考えると、左近の気分は晴れなかった。

月代《さかやき》を整えてくれた小姓が下がるのを見た左近は、お琴との約束を守るべく、藤色の着物に袖《そで》を通し、西ノ丸をくだった。

甲府藩の桜田屋敷の門前に足を向け、静かな屋敷を見上げた。近いうちに戻れるかもしれぬと期待していただけに、遠のいたのは残念に思う。

鶴姫の婿《むこ》である紀州侯が、一日も早く将軍になるのを祈るしかないと己に言い聞かせて気持ちを落ち着かせた左近は、約束の刻限に遅れると思い、門前を離れた。

一人で歩みを進め、武家屋敷の通りから町に出た。

開店の支度に忙しそうな商家のあいだを歩く左近の背後では、まだ人が少ない通りを走る者がいる。

近づく者に気づいて振り向いた左近は、考えるより先に手が動き、宝刀安綱をつかんで抜きざまに、己に打ち下ろされた凶刃《きようじん》を弾《はじ》き上げた。

黒覆面で顔を隠した相手の目は、恨みに満ちている。

一瞬だが、そう見えた左近は、気合をかけて斬りかかる相手の刀を右にかわし、安綱の切っ先を喉《のど》に向けて、みたび斬りかかろうとした相手の出端《ではな》を制した。

左近の剣気に間合いを取る相手に問う。

「何者だ」

無言の相手は、正眼《せいがん》から八双《はっそう》の構えに転じ、左近を睨む。

太刀筋《たちすじ》からして、剣の腕は立つ。

無紋《むもん》の黒装束《くろしょうぞく》だが、まとう物は上等な生地《きじ》であり、目つきを見ても、金で人を斬る者とは思えぬ。

その者は油断なく間合いを詰めた刹那《せつな》、大音声《だいおんじょう》の気合をかけて刀を振り上げた。

打ち下ろされた刃《やいば》を真っ向から受け止めた左近は、鍔迫《つばぜ》り合《あ》いをしつつ相手の目を見る。

眉間《みけん》に皺《しわ》を寄せているその者も、左近から血走った目を離そうとしない。

押してくる力といい、なんとしても斬りたいという執念を感じた。

左近はふっと力を抜いて肩透《かたす》かしを食らわす。

つんのめった相手の背中めがけて安綱を打ち下ろさんとした時、空を切って迫る物に気づいて斬り飛ばそうとしたが、振り向いた相手が刀を突き出して邪魔をした。その刹那、左近の右腕に弓矢が突き刺さった。

衝撃と激痛に呻いた左近は、左手のみで安綱を振るい、斬りかかろうとした相手の刀を弾き、太腿《ふともも》を斬った。

割れた袴《はかま》から血が飛び、相手は商家の板戸に飛ばされて背中を強打したものの、倒れはしない。

「おのれ！」

恨みの気合をかけ、斬りかかってくる。

左近は、打ち下ろされた一刀を右にかわしざまに安綱を振るい、相手の肩を斬った。

足と肩に傷を負った相手は、左手のみで矢を斬り飛ばす左近を見て息を呑《の》んでいる。そして、左近が安綱を峰《みね》に返すと、捕らえられるのを嫌って走り去った。

その背中を見つつ、左近は安綱を地面に突き立て、左手で小柄《こづか》を投げ打つ。飛んだ先は逃げる男ではなく、弓に矢を番《つが》えて物陰から出たばかりの男だ。

右目に小柄が突き刺さった男は呻き声をあげ、左目で左近を睨む。

安綱をにぎった左近が向かうと、男は悔しそうに歯を食いしばり、逃げた。追った左近だったが、逃げ足が速く、見失ってしまった。ならばと、足に傷を負っている男を捜すも、道に血を落とさず去っており、左近は追うのをあきらめた。

小五郎とかえでが随伴《ずいはん》していない日に限って狙われたのは、左近の正体を知る者の仕業《しわざ》に違いなかった。

傷を負ってしまった左近は、新手の襲撃を避けるためにこの場から去り、西ノ丸に戻ろうとして足を止めた。綱吉の耳に入れば、西ノ丸を出るのを禁じられると思ったからだ。

このまま桜田の屋敷に戻っても騒ぎになると考えた左近は、驚いて腰を抜かしている商家の手代に歩み寄った。

矢が腕に刺さったまま闘う姿を見ていた手代は、ひい、と悲鳴をあげる。

「案ずるな、この程度はなんでもない。それより、皆に騒ぐなと伝えてくれ」

通りには商家の者たちが出てきて、役人を呼べという声が飛び交《か》っている。

「頼むぞ」

左近は、何度も顎を引いて応じる手代に微笑み、その場を去った。

武家地を選んで向かったのは、愛宕下の太田宗庵宅だ。

見た時には、腕が腫《は》れ上がり、痛みが増していた。矢が突き抜けている腕を見た左近の脳裏《のうり》に浮かんだのは、毒の一文字。

目まいがするのはそのせいに違いないと思った左近は、苦労しながらもなんとか安綱を鞘《さや》に納《おさ》め、柄頭《つかがしら》で戸を打った。

中から応じる、おこんの明るい声がした。足音が近づき、

「どなた様ですか」

戸を開けたおこんは、左近の姿を見るなり、両手で口を覆《おお》って絶句した。

「すまぬが、診《み》てくれ。矢に毒が塗ってあるようだ」

告げた左近は、大きな目をするおこんに微笑むも、意識が朦朧《もうろう》とした。

「左近様」

懸命に名を呼び、差し伸べられたおこんの手をつかんだ左近は、細身の身体を引き寄せ、耳元で告げた。

「お琴に、このことは内緒で、今日は行けなくなったと伝えてくれ」

「こんな大怪我《おおけが》をしている時に、何をおっしゃっているのです」

「頼む」

「左近様、左近様しっかりして。お父様！」

宗庵を呼ぶおこんの声が遠くで聞こえはじめた左近は、空の眩《まぶ》しさに目を細め、そのまま意識を失った。


名を呼ばれて意識が戻った左近が見たのは、こちらをのぞき込むおこんの心配そうな顔だった。頰《ほお》を軽くたたいていたおこんの手が、温かい。

安堵《あんど》の息を吐いたおこんが微笑み、前にいる宗庵に顔を上げた。

「目をさまされました」

替わってのぞき込んだ宗庵が、左近の瞼《まぶた》を開き、脈を取っておこんに神妙な顔を向ける。

「まだ脈が速い。油断は禁物だぞ」

おこんが不安そうな顔で左近をのぞき込む。

左近は起きようとしたが、身体が動かなかった。

「どうなっている」

声を絞《しぼ》り出すと、おこんが答えた。

「暴れないように、手足を縛りつけております。傷が痛みますか」

言われて、左近は右腕を見た。腕から突き抜けていた矢は取り除かれている。宗庵が鏃《やじり》を見せた。菱形《ひしがた》の鋭い鏃は、先が刃物のごとく研《と》ぎ磨かれ、それ以外は黒光りがしている。

宗庵が渋い顔で告げる。

「黒い部分には、毒が残っておりますぞ。腕に当たったのが不幸中の幸いでした。突き抜けたおかげで、毒が身体の中で溶けなかった。なんの毒かはまだわかっておりませんが、一応、蝮《まむし》などの毒に効く薬を飲んでいただきましたから、様子を見ましょう」

おこんが、手足を縛っていた帯を解いてくれた。

「助かった。世話になったな」

左近が宗庵とおこんを順に見て礼を言い、起きようとしたのだが、おこんが肩に手を伸ばして止めた。

「まだ脈が速く、熱がありますから、動いてはいけません」

宗庵が続く。

「さよう。せっかくおこんが薬を飲ませたのですから、無駄にしてはいけませぬぞ」

左近がおこんを見ると、おこんは顔を赤く染めて宗庵に言う。

「そこは言わなくていいんです」

「あ、そうであった」

笑う宗庵が、左近には真面目な顔をして告げる。

「起きようとされた時、このあたりがずきずきと痛みませんでしたか」

こめかみに指を当てられた左近は、応じた。

「痛くはないが、脈打つのがわかった」

宗庵が眉間に皺を寄せてうなずく。

「やはりそうですか。心の臓に負担がかかっておりますから、無理をすると、止まってしまいますぞ」

脅《おど》しているようには見えなかった左近は、天井を見つめた。

「わかった。言うとおりにしよう。ここに来て、どれほどになる」

「一刻（約二時間）ほどでしょうか」

答える宗庵からおこんに眼差しを転じた左近は、お琴に知らせてくれたか問おうとして、やめた。汗ばんでいるおこんは、懸命に治療をしてくれたのだと思ったからだ。

左近が言いたいことに気づいたような顔をしたおこんが、襷《たすき》を取った。

「お父様、ちょっと出かけてきます」

「どこへ行く」

「すぐ戻りますから。左近様、おとなしく寝ていてくださいね」

明るく言うおこんは、お琴に伝えに行くとは口には出さぬが、わかっているとばかりに目顔を向けて、部屋から出ていった。

三

「左近様、遅いですねえ」

待ちくたびれたように言うおよねは、お琴と左近のために朝早く起きて作っていた弁当を持って、表の通りを見ている。

お琴は店の中で品物をきちんと並べ、足りない物があれば帳面に記している。

そんなお琴を見たおよねが、店の中に入ってきた。

「おかみさん、あたしがやっておきますから、休みの日くらいゆっくりしてください」

「いいのよ。これも楽しみのひとつなんだから」

　およねは呆《あき》れ気味の笑みを浮かべた。

「おかみさんは、ほんとうに小間物が好きですね」

「あら、今頃気づいたの？」

　笑って目を向けたお琴は、不思議そうな顔をした。店の前で、空色の小袖《こそで》を着た若い娘が両膝《りょうひざ》に手を置いて、身体を前かがみにして息を切らせていたからだ。

「おこんちゃん？」

　横顔でそう思ったお琴が口に出すと、およねが振り向いた。

「ほんとうだ。おこんちゃん、苦しそうだけどどうしたの？　走ってきたの？」

　声をかけられたおこんは、よろよろとした足取りで戸口から入り、お琴の前でふたたび膝に両手を当てて前かがみになった。

「ああ、走ってきたから……」

　大きな息を二度ほどして、顔を上げた。

　お琴は手拭《てぬぐ》いで額《ひたい》の汗を拭ってやった。

「まあまあ、大汗じゃないの」

　おこんはお琴の手をつかみ、何か言おうとして、一瞬戸惑った。そして、改めて告げる。

「左近様から、急な用事で来られなくなったから伝えてくれと頼まれて来ました。そういうことですから、また来ますね」

　そそくさと帰ろうとするおこんの袖を、お琴は咄嗟《とっさ》につかんで止めた。顔を見ようとしないおこんの手をにぎり、次いで両肩をつかんで正面を向かせる。

「おこんちゃん、わたしの目を見て教えてちょうだい。左近様が、どうしておこんちゃんに言伝《ことづて》を頼まれたの」

　お琴の勘がいいのを知っているおよねは、不安そうな顔でおこんに歩み寄って問う。

「まさか左近様は、おこんちゃんの家でお世話になるようなことがあったのかい？」

　おこんはうつむいて、黙り込んでしまった。

　お琴はそんなおこんを奥に連れていき、上《あ》がり框《かまち》に座らせた。

「おこんちゃんの家は愛宕下だから、ここに来られる途中で何かあったのではない？　左近様から口止めされたのでしょう？」

「もう、おかみさんには敵《かな》わないな」

　ぼそりとこぼしたおこんが、神妙な顔を上げた。

左近の身に起きたことを聞いた途端、およねが悲鳴をあげた。

「毒矢ですって！　それで左近様はどうなったの。ねえ、おこんちゃん！」

心配のあまり詰め寄るおよねに、おこんは驚いた顔で告げる。

「毒に効く薬を飲んでいただきましたから、今は、様子見です」

「様子見って、どういうことなの。まだ油断できないってこと？」

およねの問いに、おこんはお琴のほうを見ながら答える。

「きっと大丈夫だと思います」

お琴はいても立ってもいられなくなり、左近のもとへ行こうと表に出た。腕を引かれたので見ると、かえでだった。

「うちの亭主にまかせてください」

お琴の後ろにおこんがいるため、煮売り屋の女房の口調で言われたお琴は、通りを走る小五郎を見た。

それでも行こうとしたが、かえでが腕に力を込めて引く。

小さく首を振るかえでの眼差しは、女忍びの厳しいものに変わっていた。左近が襲われた今、お琴が近づくのを拒《こば》んでいるのだ。

「亭主が見てきますから」

確かに小五郎だと、毒にも詳しい。

己の無力を痛感したお琴は、かえでに従って店に戻った。

心配そうな顔をしているおこんに、お琴は努めて微笑む。

「走って疲れたでしょう。今お茶を淹《い》れるから、休んでいって」

手を引いて奥に連れ戻し、上がり框に座らせたお琴は、およねが淹れると言って台所に行こうとするのを止めて、流し台に立った。

左近を案じるあまり胸が苦しくなり、両手をつく。

「おかみさん」

およねに心配させないため前を向いたお琴は、笑顔で応じて湯呑《ゆの》みの支度をした。

羊羹《ようかん》を食べ、ぬるめのお茶を飲むあいだ、おこんは暗い面持ちで黙っていたのだが、湯呑みを置いて、意を決したようにお琴を見据えた。

「おかみさん。左近様はいったい、どういうお方なのですか。毒の弓矢で襲われるなんて、普通じゃありません」

心配そうな顔をするおこんに、お琴は湯呑みを持った手を膝に置き、こころの動揺を悟《さと》られぬよう、気持ちを落ち着けて答えた。

「普段から悪人を捕らえてらっしゃるから、逆恨《さかうら》みする者がいるのよ」

おこんはじっと目を見てきた。探るような眼差しだ。

「そういうお役目なのですか」

「いいえ、困っている人を、放っておけない人なのです」

「そのせいで、おかみさんも危ない目に遭《あ》われたことがあるのですか」

どうやらおこんは、左近ではなくお琴を心配しているようだった。

お琴が微笑んで答えずにいると、おこんが身を乗り出してきた。

「左近様を止められないのですか。あたしは、おかみさんの身に何かありやしないか心配で、怖いです」

「わたしは大丈夫だから」

「どうしてそう言えるのですか。逆恨みされて、毒の矢ですよ」

自分には耐えられないと言うおこんの手を、お琴はそっとにぎる。

「左近様は、わたしに害が及ばぬよう守ってくださるのです。だから大丈夫」

おこんは下を向いた。

「おかみさんは、強いんですね」

「強くなんかないわよ」

「心配じゃないのですか？　左近様が危ないことに首を突っ込まれることが」

打って変わって、次は左近を案じるおこんの態度に、お琴は微笑む。

「わたしが好きな商《あきな》いをしているように、左近様も人のためになろうとなされているのですから、止めたりはしません。怪我をされたのは心配でたまらないけど、煮売り屋のご夫婦が力になってくださいますから、今は、知らせを待つだけです」

おこんは、落ち着いているお琴をじっと見ていたが、

「あたしには、真似《まね》できません」

感心したように言い、手を合わせた。

「ご馳走様《ちそうさま》でした。帰ります」

お琴は見送りに出た。

「左近様を、よろしくお願いしますね。これは、ほんの気持ち」

手を取って、お琴選《え》りすぐりの花の簪《かんざし》を置くと、おこんはびっくりした。

「いけません、こんなに高いの」

「いいの。左近様のお世話をしてくれたのだから、もらってちょうだい」

おこんは何を思い出したのか、赤くなった顔を背《そむ》けた。

「どうしたの？」

「いえ……ほんとうにいいんですか」

「ええ」

お琴が微笑むと、おこんもにこりと笑って頭を下げ、帰っていった。

およねが横に来て言う。

「おこんちゃん、ほんとうに明るくて気持ちがいい子ですね。器量もいいし、あの子が奉公に上がったお武家の殿方は、きっとみんな、惚《ほ》れてしまいますよ」

「そうね」

「左近様は、おかみさんに一途《いちず》だから大丈夫ですけどね」

「もう、およねさんたら」

およねが左近の身体を心配する様子を見せないのは、駆けつけられないお琴の心情を考えての気遣《きづか》いに違いなかった。

今もかえでが、曲者《くせもの》がいないか目を光らせている。

およねはそんなかえでに心配そうな目を向けていたが、お琴を引っ張るようにして店の中に入り、板戸を閉めた。

四

「殿……」

小さく呼ぶ声に、左近は目をさました。

そばに小五郎が正座している。

お琴に知られたと察して、左近は苦笑いをした。

「お琴には、隠しごとはできぬようだ」

「殿、笑いごとではありませぬ。誰に襲われたか、覚えがございますか」

左近は天井を見つめて、身体のだるさにため息をついた。

「岩倉殿の憂《うれ》いが当たったようだ。おれが例の場所に居座ると、困る者の仕業であろう」

西ノ丸と言葉に出さぬ左近に、小五郎は襖《ふすま》を気にして無言でうなずき、小声で告げる。

「何者か調べます」

左近が動くなと言おうとした時、襖が開き、宗庵が入ってきた。

不思議そうな顔を小五郎に向けて座し、布に包んでいた鏃《やじり》を見せた。

「小五郎さん、あんた、毒の知識をどこで学んだのだ。調べてみたらあんたの言ったとおり、火茸《ひだけ》という毒茸《どくきのこ》が古い文献に書かれておった。この鏃にそれが使われていると、どうしてわかったんだね」

小五郎は真顔で応じる。

「臭《にお》いです」

「臭い？」

目を丸くした宗庵は、鏃を見つめて、臭いを嗅《か》いだ。首をかしげて、小五郎を見る。

「鼻が利くんだな。わたしには、何も臭わない」

「他人様《ひとさま》に食事を出す商売をしていますんで、茸については、詳しいんです」

小五郎はそう言ってごまかしているが、左近にこれを飲めば楽になると言って差し出したのは、甲州《こうしゅう》忍者秘伝の丸薬だ。

手にした左近は、小五郎がこれを出す意味を理解している。毒は火茸などではなく、もっと強い殺傷力がある代物《しろもの》に違いなかった。

小五郎が見ている前で丸薬を口に入れると、小五郎は小さく顎を引き、宗庵に向く。

「差し出がましいようですが、隣のよしみで、薬は手前が作った物をお飲みいただきます。傷の手当てだけ、お願いできますか」

宗庵は不機嫌になるはずもなく、むしろ喜んだ。

「実はな、なかなか脈が落ち着かぬので困っておったのだ。火茸に効く薬も知らぬから、助かった。傷のほうは、まかせてくれ」

「では、手前はこれで。新見様、明日また来ますから、夜はもう一粒お飲みください。くれぐれも、ご無理をなされませぬように」

「世話になったな」

煮売り屋の大将に礼をする体《てい》で接する左近に、小五郎は首を横に振って応じ、帰っていった。

入れ替わりに、おこんが部屋に入ってきた。

左近の横に座るなり、心配そうな顔で額に手を当てた。

「まだ熱がありますね」

左近が口を開く前に、脈を取っていた宗庵が告げる。

「煮売り屋の大将が毒に効く薬を飲ませてくださったから、脈が落ち着いてきておるぞ」

おこんは驚き、左近をまじまじと見つめた。

左近が訊《き》く顔をすると、おこんは目を泳がせて横を向き、濡らした布を額に置きながら言う。

「小五郎さんとかえでさんは、左近様のなんなのですか？」

「どういう意味だ？」

とぼける左近だったが、おこんは目を見てきた。

「三島屋のおかみさんがここに来ようとされた時、お隣のかえでさんが止められました。あのご夫婦は、悪人を退治される左近様の、お仲間なのですか」

左近は首を縦《たて》に振った。

「悪人を捕らえる手伝いをしてもらうことがある」

「そうですか。やっぱり」

おこんの顔に、怒気《どき》が浮かんだ。

「人のためになりたい気持ちはわかります。でも、弓矢で狙われるなんて普通じゃない。お琴さんのためにも、もうやめていただけませんか」

「これ、おこん」

宗庵が止めたが、おこんは意志が強そうな顔で左近から目を離さない。

「お琴さんは、あたしにはなんでもないというふうに見せてらっしゃいましたが、手が震えていたんです。きっと今も、左近様をものすごく心配されていますから、助かった命を大切にして、危ないことはやめてください」

医者の娘らしい、胸に突き刺さる言葉に、左近は微笑む。

「ご忠告、胸に刻《きざ》みます」

おこんは目を丸くした。

「ふざけないでください」

「これは手厳しい。だが、言われて身が引き締まる思いだ。お琴には、これまでも幾度となく心配をかけてきた。顔に出さぬから、気づかぬうちに甘えていたのだと思う。次に会うた時は、心配をかけたことを詫《わ》びよう」

「では、危ないこともやめていただけますね」

「泣く者がおらぬ世になれば、やめよう」

おこんは不服そうな顔をした。

「いかん、脈が早うなってきた。これおこん、やめぬか」

宗庵に止められ、おこんははっとして左近に頭を下げた。

「ごめんなさい。あたしったらつい……」

「いいんだ。怪我人を案じるおこんの気持ちは、痛いほど伝わった。これからは、気をつける」

「新見殿、もうしゃべらず、目を閉じてお休みくだされ」

宗庵に言われて、左近は目をつむった。

宗庵は脈を取り続け、程なくすると、安堵の息を吐いた。

「薬が効いてきたようですな。だいぶよくなってきましたぞ。これで熱が下がってくれれば、ひとまず安心できます」

「二人のおかげで傷の痛みも和《やわ》らいで、気分も悪くない。礼を言う」

「なんの。腹は減っておりませぬか。ここに来て、何も口にされておられぬ」

「小腹が空いた」

「おこん、粥《かゆ》を支度しなさい」

「はい」

応じたおこんが、額の布を替えて出ていった。

左近は目を開け、宗庵に顔を向けた。

「まことに、よい娘さんだ」

「では、新見殿のお屋敷で奉公させていただけますか」

「そのことだが、何ゆえ奉公先を教えてやらぬのだ」

　宗庵は目を泳がせ、笑った。

「おこんの奴、新見殿にも話していたのですか」

「奉公先がわからぬまま日延《ひの》べとなり、不安そうだ。悪い噂があるお家なのか」

「とんでもない。むしろ、良家の中の良家です」

「では、何ゆえ教えてやらぬのだ」

　宗庵は困惑した顔をしていたが、左近には正直に話すと言って口を開いた。

「口止めをされているのです」

「何ゆえに」

「そこは、わたしも訊いたのですが、奉公先だけでなく、世話をしてくださるお方の名さえ出してはならぬと、厳しく言いつけられたのです。口にすれば、おこんにとってよい話がなくなると、言われまして」

　そう言われては、左近もそれ以上は問えない。

「さようか。何かと隠したがる武家もある。父親の目から見てよいお家なのならば、何も言うまい」

　宗庵は眉尻《まゆじり》を下げた。

「心配してくだされたのに、申しわけない」

左近は微笑んで首を横に振り、起き上がった。

宗庵が目を丸くする。

「新見殿、何をなされる」

「厠《かわや》だ」

「いや、新見殿、お待ちなさい。厠に行くのに、刀はいらぬでしょう」

止めようとする宗庵から離れた左近は、微笑んだ。

「この礼は、いずれする」

「新見殿、お待ちなされ。新見殿」

聞かぬ左近は足早に離れ、小五郎が置いてくれていた雪駄《せった》をつっかけて裏から出た。

待っていた小五郎の配下が、左近を守って囲む。

夕暮れ時の道を急ぐ左近の後ろから、名を呼ぶおこんの声が聞こえてきた。

咄嗟に物陰に隠れた左近の前を、おこんが捜しながら通り過ぎてゆく。

「許せ」

身分を明かすわけにはいかず、長逗留《ながとうりゅう》をすれば刺客の手が伸びると案じた左近は、小五郎の薬が効いているうちに動いたのだ。

おこんとは別の道に向かった左近だったが、脈が速まり、激しい目まいに襲われた。

小五郎の配下が駆け寄り、肩を借りた左近は、意識が朦朧としつつも告げる。

「西ノ丸には戻れぬ。桜田の屋敷へ頼む」

「承知しました」

応じた小五郎の配下が、左近を守って町を急いだ。

桜田の屋敷に戻った左近は、騒ぐ家来たちを静め、奥御殿の寝所に入った。

知らせを受けた間部と共に、西川東洋も駆けつけた。

間部が屋敷の警固《けいご》を厳しくさせる中、左近の傷を診た東洋は、納得したように告げる。

「宗庵殿は、腕がよろしいですな。矢の傷は何もすることはありませぬ。問題は、毒です」

脈を取った東洋に、小五郎の丸薬を飲んだと告げたが、眉間に皺を寄せて考える顔をした。

「今はまた、脈が速うなっております」

そばについている間部が問う。

「小五郎殿の毒消しが効かぬのか」

「いや、飲んでいなければ、お命がなかったかもしれませぬ」

すると、庭に控えている小五郎の配下が告げた。

「お頭《かしら》は、古室衆《こむろしゅう》が使う毒だと申しておりました」

間部が厳しい顔を向けた。

「聞いたこともないが、何者だ」

「越中《えっちゅう》の剱岳《つるぎだけ》を修行の場とする山伏《やまぶし》たちで、あらゆる薬に精通《せいつう》し、良薬を日ノ本《ひのもと》中に売り歩いておりますが、中には、金を積めば毒を売る裏の顔を持つ者もおりまする」

間部が問う。

「古室衆が殿のお命を狙《ねろ》うたのではないのか」

「それはないかと存じます。古室衆は毒こそ売れど、自ら人を殺《あや》めませぬ」

「古室衆の居場所はわかるのか」

「必ず見つけ出します」

「誰に毒を売ったか、必ず突き止めよ」

「はは」

小五郎の配下二人は、揃《そろ》って頭を下げて去ろうとしたが、東洋が止めた。

「お待ちなさい」

間部が驚いた顔を向ける。

「東洋殿、何ゆえ止められる」

「越中の古室衆は、わしも耳にしております。連中は確かに良薬を作っておりますが、毒を売る者については、あまりいい噂を聞かぬ。見つけ出したとしても、決して口を割りますまい」

「そこは、甲州者が厳しく問えば、耐えられず吐こう」

間部はそう言ったが、東洋は首を横に振った。

「それよりも、古室衆の毒が確かならば、敵に回さず利用したほうがよい。殿の身体に入った毒を、消させるのです」

間部はうろたえた。

「東洋殿、その者を頼らねば、毒を消せぬと申されるか」

「古室衆の薬を扱う薬屋から聞いている話では、彼《か》の者たちの毒は厄介《やっかい》極まりない代物で、一度身体に入ってしまえば、並の毒消しは症状を抑《おさ》えるのみで、解毒《げどく》をするには、秘伝の薬を手に入れるしか、手がないようなのです。眉唾物《まゆつばもの》と思うておりましたが、こうして殿の脈を取らせていただく限りでは、薬屋が申したことは、ただの噂ではないようです」

間部は身を乗り出して問う。

「では、その薬屋に頼めば、古室衆の毒消しが手に入りますか」

「当たってみましょう」

東洋は左近に、それまでの繋《つな》ぎの薬だと言って丸薬を出し、厳しく告げる。

「よろしいですか殿、脈が落ち着いても、それは一時《いっとき》のことです。くれぐれも外を出歩かれませぬよう。無理をすれば、心の臓が止まってしまいますぞ」

「宗庵にもそう言われた。ここで、おとなしくしていよう」

東洋は眉尻を下げてうなずき、帰っていった。

左近が、控えている小五郎の配下に告げる。

「東洋を守れ」

「はは」

二人は下がり、走り去った。

左近は間部に顔を向けた。

「本丸には、急な病《やまい》だと届けよ」

「承知しました。又兵衛殿は、いかがいたしますか」

「そうであった。知れば、元大目付の意地にかけて襲うた者を捜すと言うだろうな」

「間違いないかと」

「又兵衛には、余が話す。これへ呼んでくれ」

「はは」

間部が本丸に届けを出したのは、その日のうちだ。

左近は、廊下を走る音に目をさまし、起き上がって待った。

次の間の廊下に現れた又兵衛が、布団に座る左近を見て目を丸くし、焦《あせ》りを隠さず入ってきた。

転びそうになる又兵衛に、左近が思わず手を差し伸べようとすると、又兵衛は耐え、上段の間に上がってそばに来た。

「殿、ご病気とはいったい、どこがお悪いのです」

「又兵衛」

「はは」

「もっと近う」

又兵衛は両手をつき、膝を滑らせて顔を近づけた。

「今から申すことは、他言してはならぬ」

又兵衛は何度も顎を引いて見せた。

左近が襲われた事実を伝えると、又兵衛は見開いた目を左近の右腕に向けて聞いていたが、目を血走らせて怒りを露《あら》わにした。

「おのれ、よくも殿を。許せぬ。元大目付のそれがしが、必ず見つけ出します」

「又兵衛、今は動くな」

「承知、すぐに……」

動くと言いかけて、又兵衛が愕然《がくぜん》とした顔を向けた。

「毒矢を使うような下劣《げれつ》な輩《やから》を、見逃すのですか！」

「大きな声を出すな。頭に響く」

又兵衛は慌《あわ》てて口を閉じた。だが、すこぶる不服そうだ。

左近が告げる。

「そなたが動けば、必ず本丸に伝わる。そうなれば、鶴姫に魔の手が及ばぬようにするために柳沢が騒ぎ、余を消さんとした者が、せっかく出した尻尾《しっぽ》を隠してしまう。余が生きているのを知れば、次なる手を打ってくるはずじゃ。それまで待て」

「殿！」

「大きな声を出すなと言うておる」

「この期《ご》に及んで、御身《おんみ》を囮《おとり》にするおつもりか」

小さな声を絞り出す又兵衛は、目に涙を溜《た》めている。

左近は両肩をつかんだ。

「案ずるな。その時が来れば、又兵衛、そのほうに大いに働いてもらう」

「そういうことなら承知いたしました。殿をお守りすることに徹しまする」

「うむ。頼むぞ」

「はは」

又兵衛は応じて、ゆっくり養生《ようじょう》するよう告げて下がった。

入れ替わりにやってきた間部が、廊下を一瞥《いちべつ》し、左近に笑みを向ける。

「うまくいったようですね」

左近も微笑んだ。

「ひとまず、ことが大きくならずにすんだ。東洋がなんと言うてくるかだ」

「今は何も考えず、横におなりください」

左近は応じて横になり、一休みすると言って目をつむった。先ほどから脈が速くなっているのを感じていたため、身体を休めた。

庭から届く野鳥のさえずりを聞いているうちに、深い眠りに落ちていった。

五

いっぽう、とある大名屋敷内にある役宅で左近の襲撃を知った家老は、勝手な真似をした馬廻衆の二名を呼びつけていた。

庭にひざまずく二名の前に立った家老は、白い眉を吊り上げ、

「この愚《おろ》か者《もの》め！」

怒鳴り飛ばし、馬の鞭《むち》でひどく打ち据えた。

打たれた源治郎は額が割れ、眉間に血が流れるも、じっと家老から目を離さない。

「なんじゃその目は」

家老は右の頬を鞭で打ち、蹴り倒した。

すぐに正座した源治郎は、まっすぐな目を家老に向けて告げる。

「我らは、我慢ならなかったのです。西ノ丸が生きている限り、殿の苦しみは消えぬと思い、覚悟のうえでことを起こしました」

「さよう。いかなる罰も受ける所存。ご下命《かめい》あらば、この場で腹を切りまする」

又左が告げるのに顔をしかめた家老は、鞭を振り上げた。

「ええい、黙れ！」

鞭で肩を打たれても、右目に晒《さらし》を巻いた又左は微動だにせず、左目で家老を見ている。

骨のある二人に、家老は離れ、

「豪儀《ごうぎ》な者どもよ」

そう吐き捨てると、満足そうな顔をした。鞭を投げ捨て、縁側に腰かけて二人に告げる。

「源治郎と又左、そのほうらの殿への忠義に免じて、こたびは命を取らぬ。西ノ丸に顔を見られてはおるまいな」

二人は揃って、はいと答え、又左が身を乗り出して告げた。

「西ノ丸に向けた矢には、強い毒が塗ってございます。長くは生きられませぬ」

家老は目を丸くした。

「毒じゃと」

「はい。我が故郷に古くからおる山伏が作る猛毒にございます。運よく生き延びても、ひと月かと」

「間違いないのだな」

「ございませぬ」

家老はうなずく。

「それはようした。じゃが念のため、わしが許すまで外に出るな。特に又左、目を潰されたそのほうは、よい目印じゃ。決して出てはならぬ。役宅に戻り、傷を治しておけ」

「はは」

低頭《ていとう》して下がる二人を見据えていた家老は、

「ひと月か、長いのう」

と吐き捨て、居室に入った。

側近が戻ったのは、程なくだ。

月代も剃《そ》らず髪も結《ゆ》わず、長い髪を後ろで束《たば》ねている男は、名を花望道馬《はなもちどうば》と言い、剣客風の身なりに見合うだけの遣《つか》い手《て》だ。

家老は、正面に座す道馬に厳しい目を向けて告げる。

「どうであった」

「甲府藩邸が物々しくなっております」

「綱豊はおそらく、藩邸におるに違いない」

「医者らしき者が出入りしておりますゆえ、おっしゃるとおりかと」

「又左が、矢に毒を塗っておったそうじゃ。殿が拾われた奴の故郷は、確か剱岳の麓《ふもと》と聞いておるが、おぬしの生まれも、あのあたりであったのう」

道馬が険しい顔をした。

「となると、使《つこ》うた毒はおそらく、古室衆が作る毒かと」

「持ってひと月と言うておったが、まことか」

「秘毒中の秘毒とだけ耳にしたことがございますが、効果のほどは存じませぬ。もしも古室衆の毒ならば、厄介ですぞ」

「どういうことだ」

「綱豊の下には甲州者がおります。毒の正体に気づく恐れがございます」

「案ずるな、殿は越中には縁もゆかりもないゆえ、目を向けられることはない」

道馬が厳しい顔で告げる。

「油断は禁物です。勝手な真似をした二人を、始末したほうがよろしいかと」

「いや、生かしておく。あの二人を処罰して家の者が騒げば、それこそ、綱豊の忍びに疑われる。今は、綱吉がどう出るか見てやろう」

家老から知恵を授《さず》けられた道馬は、藩邸から出ていった。

六

「又兵衛！　余を謀《たばか》っておろう！」

夜になって本丸御殿に呼び出された又兵衛は、激怒する綱吉に平伏《へいふく》した。

「おそれながら、なんのことでございましょうや」

「とぼけるでない！　綱豊のことに決まっておろう。病ではなく、刺客に襲われて大怪我をしたとの噂がある。正直に申せ！」

又兵衛は頭を下げたまま、顔をしかめた。

「もうばれたのか」

「今、なんと申した」

柳沢がいるのをつい忘れていた又兵衛は、はっとした顔を向けた。

「いえ、何も……」

柳沢が睨む。

「もうばれたのか、とは、どういう意味か」

聞こえていて問うとは底意地の悪い、と言いたいのをぐっとこらえた又兵衛は、苦笑いをした。

「又兵衛！」

「ははっ！」

怒る綱吉に向いた又兵衛は、ふたたび平伏した。

「おそれいりました」

「噂は間違いだとは、申さぬか」

急に落胆した声に、又兵衛は驚いて顔を上げた。

綱吉は脇息《きょうそく》に寄りかかり、眉間を指で揉《も》んでいる。そして、ひとつため息をつき、又兵衛を見てきた。

慌てて頭を下げる又兵衛に、綱吉が告げる。

「面《おもて》を上げて答えよ。噂では、命が危ないと言われているそうじゃが、実際はどうなのじゃ。葵一刀流を極めた綱豊に限って、深手《ふかで》を負うようなことはあるまい」

又兵衛は、下手《へた》に隠し立てすると柳沢が左近のもとへ行きかねぬと思い、すべて話すことにした。

「綱豊様は何者かに襲われ、腕に一矢《いっし》の毒を受けられました」

綱吉は目を丸くした。

「何、毒じゃと」

「はい」

「生きておるのか」

「懸命の治療の甲斐《かい》あり、命は取り留《と》められましたが、まだ毒が消えておらず、予断を許しませぬ」

綱吉は柳沢に告げる。

「急ぎ医者を遣《つか》わせ。毒に精通しておる者を急がせよ」

「はは」

行こうとした柳沢を、又兵衛が止めた。

「お待ちください。毒は、古室衆という越中の山伏が作る秘毒の疑いがあり、今、解毒薬を探しているところです。これに詳しい者がおりましょうか」

柳沢は渋い顔で応じる。

「聞いたことがないが、奥医師筆頭の今大路《いまおおじ》典薬頭《てんやくのかみ》に当たってみよう」

「何とぞ、お願い申し上げます」

「困っておるなら、なぜ早く言わぬ」

不機嫌に言う綱吉に、又兵衛は頭を下げた。

綱吉が問う。

「綱豊が、黙っておれと申したか」

「上様にご心配をかけたくないとおっしゃり……」

「そうではあるまい。余が西ノ丸に閉じ込めると思うて黙っておったのだ」

「決して、そのようなことはございませぬ」

「余は、綱豊に西ノ丸を出るなとは言えぬ。綱豊にはさよう伝えて、又兵衛、そのほうは二度と、余に隠しごとをするな」

「はは」

「まことに承知しておるのか」

「御意《ぎょい》」

「わかればよい。下がれ」

神妙な態度で下がる又兵衛を目で追っていた綱吉は、柳沢を手招きした。

近くに寄る柳沢に、廊下に届かぬ声で漏らす。

「又兵衛に申したとおり、綱豊に城から出るなとは言えぬ。三島屋のおかみをそのほうが説得して、西ノ丸へ入れよ」

普段は綱吉に逆らわぬ柳沢だが、戸惑いを隠さなかった。

「おそれながら、綱豊殿を狙う者を暴《あば》き出すのが先ではないかと存じまする」

すると綱吉は、不機嫌な息を吐いて柳沢を睨んだ。

「申すまでもない。やったのは、余の子がおると噂を流した者に決まっておろう。捨て置け」

「しかしそれでは、また綱豊殿が狙われます」

「それゆえ、町に出る気を削《そ》げと申しておるのじゃ。一刻も早う、三島屋のおかみを西ノ丸に入れろ」

「しかし、解毒薬の手配をいたさねばなりませぬ」

拒む柳沢に、綱吉は厳しい顔を見せる。

「おなごの説得などしとうないか。もうよい、余が直々《じきじき》にまいる」

立ち上がる綱吉に、柳沢は慌てた。

「お待ちを。わかりました。夜も遅うございますから、明日、それがしがまいります」

「医者の手配は他の者にさせる。そちは必ず連れてまいれ。しかと申しつけたぞ」

奥へ入る綱吉に頭を下げた柳沢は、障子が閉められると顔を上げ、ひとつ長い息を吐いた。


翌朝――。

桜田の屋敷にやってきた又兵衛から、綱吉にばれたと聞いた左近は、仰向《あおむ》けになって天井を見つめた。

「噂は、どこから出たと思う」

又兵衛は渋い顔をして応じる。

「昨夜から考えておったのですが、次期将軍のお命が狙われたのは天下の一大事。ご落胤の噂が広まっている今、西ノ丸にじっとしておるべき者が平気で出歩いておるからこのような事態になるのだと、世に知らしめようとしているのではないかと」

「そうだろうか。余を襲うた者は、本気で命を取りに来ていた。上様のお耳に入れば、余は西ノ丸に閉じ込められる。そうなれば、命を狙うのは難しくなる。それがわかっていて、何ゆえ広めたのか」

「失敗したことで、脅しのための襲撃だったと、思わせようとしているのかもしれませぬ」

「上様が、お許しになると思うての行動だと申すか」

又兵衛は首を横に振った。

「むしろ、殿へ向けてではないでしょうか。敵は、殿の行動を見張っておったからこそ、一人のところを狙うてきたのです。何も気にせず町に出たければ、西ノ丸をご落胤に渡せという意味で、あえて上様の耳に入れ、殿が西ノ丸に閉じ込められるように仕向けたのではないかと」

「又兵衛の筋読みどおりならば、余にとっては願《ねご》うてもないこと。毒のせいで身体も優《すぐ》れぬゆえ、このまま廃嫡《はいちゃく》を願うのも、ひとつの手だ」

又兵衛が慌てた。

「何をおっしゃいます。殿はお命を狙われたのですぞ。そのような悪事を働く者の思いどおりにさせてはなりませぬ」

そこへ、間部が東洋を連れてきた。

左近のそばに来た東洋は、まず脈を取り、考える顔をした。

「今は落ち着いております。お目覚めになられてからは、いかがでしたか」

「時々、苦しくなる」

「時々とは？」

「一刻ごとに、脈が速くなる感じだ」

東洋は下を向き、目をつむった。

又兵衛が間部を見て、東洋に問う。

「例の古室衆の件はいかがであった。薬屋はなんと申しておったのか」

東洋は顔を上げ、神妙な面持ちで首を横に振った。

「訪ねましたところ、十日前に店を畳《たた》み、越中に帰っておりました」

「まだ旅の途中であろうから、馬を飛ばせば追いつく。越中のどこに帰ったか聞いておられるのか」

「隣の者から聞いた話では、どこに住むかまでは告げておらず、西国《さいごく》を旅してから国許へ帰るつもりだと言ったそうで、足取りがわかりませぬ」

「それでは捜しようがないではないか」

又兵衛が苛立《いらだ》ちの声をあげた時、小姓が廊下に片膝をついた。

「申し上げます。今大路家の者が、毒消しを持ってまいられました」

又兵衛が左近に顔を向ける。

「殿、上様が遣わされた者です。古室衆の毒の話を聞いて手配してくださったのですから、期待できますぞ」

東洋も、今大路家ならば持っているかもしれないと言い、左近は使者を通すよう告げた。

程なく廊下に現れたのは、東洋も顔見知りの若者だった。

「おお、そなたか」

声をかける東洋に微笑んだ若者は、左近に頭を下げた。

東洋が左近に告げる。

「この者は、今大路家で修行をしております」

「お初にご尊顔《そんがん》を拝《はい》しまする。萬田亀五郎《まんだかめごろう》と申します」

亀という名が似合う顔立ちをした若者は、見るだけで病人を安心させる雰囲気がある。

左近が許すと、東洋は亀五郎を手招きした。

おずおずと歩み寄った亀五郎が、坊主頭を下げ、箱から白い紙包みを出した。

「こちらは、古室衆の毒でも、そうでなくても楽になりますから、お試しください」

東洋が受け取り、開いて見た。やや赤みを帯《お》びた粉を毒見と称して口に含み、考える顔をしたのちに、亀五郎に問う。

「これは、わしが知らぬ苦味じゃな。将軍家に伝わる解毒薬か」

「いえ、わたしが作った物にございます」

「何、おぬしが作ったとな」

驚く東洋を見て、又兵衛が不満をぶつける。

「弟子のそなたに作らせるとは、典薬頭殿は、綱豊様を軽んじておるのか」

亀五郎が目尻を下げ、絵に描いたような笑みを浮かべた。

「そうではありませぬ。わたしが古室衆の血を引く者ですから、先生は託されたのです」

又兵衛が驚いた。

「何、古室衆の子とな。では、親から薬の作り方を伝授されておるのだな」

「はい」

「親御《おやご》と江戸で暮らしておるのか」

「いいえ、わたしの両親は昨年、旅の途中で運悪く谷へ落ちて帰らぬ人となってしまい、今は、典薬頭様のお世話になっております」

「柳沢殿は古室衆を知らぬと申されたが、さすがは奥医師筆頭じゃ。よう知っておられる」

「いえ、先生もご存じありませんでした。兄弟子から西ノ丸様の危機を知らされ、わたしから申し出たのです」

又兵衛は渋い顔をした。

「何ゆえ黙っておった」

「古室衆にはよくない噂もございますから、明かせば追い出されると思うておったのです。西ノ丸様が古室衆の毒に苦しめられていると知り、お力になれればと思った次第です」

東洋が心配した。

「まことに、毒に効くのじゃな」

「父から教わったとおりに作りましたから、効くはずです」

「はず、か」

ためらう東洋に、左近が告げる。

「亀五郎を信じて、試してみよう」

応じた東洋は、薬を渡した。

又兵衛は心配そうだったが、今の左近にとっては救いの神だ。

粉を口に含み、水で流し込んだ。

「これまで口にした中で、もっとも苦い」

水をいくら飲んでも苦味が消えないのには、さすがの左近も顔を歪めた。

亀五郎は満面の笑みで、左近に告げる。

「朝昼晩の一日三度欠かさず、十日ほどお続けください。悪心《おしん》と顔の火照《ほて》りが消えましたら、床上《とこあ》げをされても大丈夫です」

やんわりとした口調は、左近の気持ちを楽にさせた。

「不思議な男であるな」

亀五郎が辞したあとの、左近の第一声だ。

訊く顔を向ける東洋に、左近は微笑む。

「亀のような顔を見て、おっとりしたしゃべり声を聞いているだけで気分が楽になる。東洋の手のひらがそうであるように、あの者は顔と声から、病人を楽にさせる何かが出ているようじゃ」

東洋は心配そうに、左近の夜着《よぎ》の乱れを直しながら言う。

「それだけ、殿が弱っておられるのです。亀五郎が古室衆の血を引く者であったのは、まさに、天の救い。薬を欠かさず、今はお世継ぎのことは忘れて、滋養《じよう》のある物を召し上がってお休みください」

「天の救いか。まさに、上様に救われた」

「何をおっしゃいます。そもそも殿は、五代将軍の座に就《つ》いておっても当然のお方。亀五郎もそれを知っておるからこそ、お助けせんと名乗り出たのです。この先も、なんの遠慮もいりませぬぞ」

熱く語る東洋に、左近は笑って応じた。

遠慮をしているのはむしろ綱吉のほうで、いらぬ気を回そうとしていることに、左近はこの時はまだ、気づいていなかった。

七

左近が快方に向かいはじめたと、かえでから知らせを受けたお琴は、商いを再開した。

そんな三島屋の前に立った武家の男が、

「ごめん」

声をかけ、編笠《あみがさ》を着けたまま入ってきた。

その者が醸《かも》し出す威厳に満ちた気配に、客の女たちは品物を選ぶ手を止め、戸惑った様子だ。

静まり返る店の中を遠慮なく進む武家の男を、およねが笑顔で迎える。

「いらっしゃいませ。お武家様、どういった品をお求めですか。奥方様、それともお嬢様にお贈りされるのでしょうか」

普段はこのようにつきまとわぬのが三島屋流の商いだ。およねの接客態度に、他の客たちは顔を見合わせている。

およねは、左近が襲われたのを知っているだけに、お琴を狙いに来たのではないかと警戒し、いざという時は身を挺《てい》して守る気でいるのだ。

およねの後ろにいた若い娘が、腰に回しているおよねの右手に銀の簪がにぎりしめられているのに気づいて、ぎょっと目を丸くした。

武家の男はそれを見抜いてか、およねの前で編笠を取り、目を見て告げる。

「ここで名乗るわけにはまいらぬゆえ、これを」

差し出された紙を見たおよねは、思わず開けた大きな口を左手で覆い、紙と武家の顔を二度ほど見返した。

「少々、お待ちを」

声を裏返し、客をほったらかして奥へ走ったおよねは、お琴を呼びながら廊下を急いだ。

品物を取りに物置部屋に入っていたお琴が顔を出すと、およねは大変だと告げる。

「今店に、柳沢様が来ておられます」

「どちらの柳沢様かしら」

ぴんと来ないお琴に、およねが耳打ちする。

綱吉の側近の訪問に、お琴は困惑した。

「左近様がいらしているとお思いなのかしら」

「いえ、紙には、おかみさんに話があると書かれていました」

「わたしに……」

ますます困惑したお琴は、かえでを呼ぼうかとこぼし、店をそっと見た。客たちが気にすることなく品選びに戻っている中で、柳沢は板の間の前でじっと立ち、前を向いてお琴を待っている。

「お待たせしては、いけないような気がします」

およねに言われて、お琴はうなずいた。

「左近様がお使いになる部屋にお通しして」

およねが呼びに行くあいだに、急いで身なりを整えたお琴は、柳沢が部屋に入ったのを見計らい、廊下で三つ指《みゆび》をついた。

「お待たせしました。琴にございます」

「急に押しかけてすまぬ。入って座ってくれ」

「はい」

応じて下座に正座すると、柳沢は、お琴を見てきた。

一瞬だけ目を合わせたお琴には、柳沢が戸惑っているように思えた。

「今日来たのは、他でもない……」

その先が、なかなか言い出せぬ様子。

お琴は畳を見つめて、じっと待った。

「その、つまり、あれだ」

この人はほんとうに、世間が切れ者だと噂するあの柳沢様だろうか。

お琴がそう思うほど、目の前にいる者は言葉に詰まっている。

「あの」

思わず顔を上げると、柳沢は目を見開いた。

「何か」

「お茶をお持ちします」

茶を飲めば落ち着くのではないかと考えて申し出たが、およねが計ったように持ってきた。

柳沢は一口飲んで落ち着いたのか、射抜《いぬ》くような目でお琴をじっと見据えながら口を開いた。

「綱豊殿が襲われたのはご存じか」

お琴はうつむいた。

「はい」

「そなたに会いに来る途中で襲われたと聞いたが、間違いないのか」

およねがお琴を気にする目を向けたが、柳沢にじろりと見られて、萎縮《いしゅく》したように身を縮めた。

お琴は、柳沢の目を見て隠さず告げる。

「舟遊びの約束をしておりました」

「さようか」

柳沢は、下を向いてひとつ息を吐くと、お琴の目を見ずに告げる。

「綱豊殿は、将軍家にとってはなくてはならぬお方。この先も、命を狙われる恐れがないとは言えぬ。そこで今日は、そなたに頼みがあってまいった。何も訊かず、これよりそれがしと来てくれ。西ノ丸に入っていただきたい」

今、飛ぶ鳥を落とす勢いの柳沢が頭を下げるのを見て、およねは目を丸くした。

うつむいたきり返答をしないお琴に顔を向け、そっと袖を引く。

返事を促《うなが》されたお琴は、柳沢に三つ指をついた。

「お断りいたします」

きっぱり断って頭を下げるお琴に、柳沢は厳しい顔を向けた。

「上様が綱豊殿の外出を禁じられれば、会えなくなりますぞ」

それでもお琴は曲げなかった。こころのどこかで、左近は来てくれると信じているからだ。

「お琴殿、今一度よう考えられよ。西ノ丸で、二人仲よう暮らしたほうが幸せではないのか」

「わたくしは、西ノ丸の奥向きに入れるような者ではありませぬ」

「そなたは元旗本の娘。なんの遠慮があろうか」

お琴は首を横に振った。

「今は、小さな店のあるじです。お城へは上がれませぬ」

柳沢は、強情な、と吐き捨て、お琴に厳しい目を向けた。

「応じなければ、上様は、綱豊殿とそなたを引き離しにかかられますぞ。それでもよろしいのか」

「綱豊様が選ばれる道ならば、わたくしは、何も申しませぬ。幸せになられるならば、それでよいのです」

「さようか」

柳沢は立ち上がった。

「邪魔をした」

見送りに出たお琴に、柳沢は告げる。

「後悔しても遅いですぞ。今日一日よう考えられよ。気が変われば、いつでもそれがしの屋敷にまいられるがよい」

お琴は無言で頭を下げた。

柳沢は、頑《かたく》ななお琴に怒気を浮かべた顔を向けていたが、きびすを返した時には、口元に笑みを浮かべていた。

その笑みの意味は、誰にもわかるはずもなかった。

夕暮れ時――。

早めに店を閉めた三島屋の居間では、およねが焼いてくれた玉子焼きで酒を飲もうとした権八が、一口食べて目を見開いた。

「甘《あ》んめ！　おいかかあ、なんだこりゃ」

およねを見た権八は、眉根を寄せ、およねの目の前で箸を振った。

「おい、何をぼうっとしてやがる。お琴ちゃんといい、二人とも変だぜ。なあ、聞いてんのかよ」

およねの大きな尻をつつくと、いつもは頭をたたくはずのおよねが、大きなため息をついた。

「熱でもあるのか」

本気で心配する権八に、およねがじっとりとした目を向けた。

「おかみさんが心配なんだよ。少し甘いくらい、我慢して食べなよ」

「味のことを言ってるんじゃない。様子が変だと言ってるんだ。今もあの調子だ」

権八が顎で示す襖の向こうでは、お琴が背中を向けて横になっている。

庭から来る時に見ていた権八は、何があったのか訊いた。

およねから柳沢の話をされた権八は、腕まくりをして茶碗に酒をすべて注ぎ、がぶ飲みして荒々しく音を立てて置いた。

「よしきた。おれが行ってくる」

勇《いさ》む権八に、およねが驚く。

「行くってどこに？　まさか柳沢様のお屋敷じゃないだろうね」

「馬鹿言うな。打ち首はごめんだ。左近の旦那に会いにだよ。西ノ丸様ともあろうお方が、柳沢なんぞに口出しさせるなと言ってやるのさ」

「ちょっとお待ちよ」

「止めるな。そこをどけ」

権八は耳を貸さず、庭に出た。お琴のほうを見ると、相変わらずぐったりした様子で横になっている。

お琴があんなふうになったのは、これで二度目だ。

そう思った権八は、手の甲《こう》を鼻に当ててすすり、裏木戸から路地に出た。

桜田の屋敷に行くため小走りしていると、腕を引かれたので振り向く。

「なんだい、小五郎さんか」

「驚かせてすみません。権八さん、帰ったばかりなのに、急いでどこに行くのです」

「決まってらあな、左近の旦那に文句を言いに行くのさ」

「それはだめです」

「お前さん、柳沢がお琴ちゃんのところに来たのを知ってるのかい」

「知っていますとも」

「だったら止めてくれるな」

権八は行こうとしたが、小五郎に引き戻された。

「気持ちはわかりますが、今はお屋敷に近づいてはいけません」

「どうして」

「殿のお命を狙う者に権八さんが目をつけられて何かあれば、殿が苦しまれるからです」

いつになく厳しい小五郎に、権八は、柳沢が来た不満をぶつける。

「小五郎さんよう、柳沢の野郎がお琴ちゃんになんと言ったか知ってるのかい。店を捨てて西ノ丸に入れと言ったとこまでは許せる。だがよ、入らなきゃ、二度と会わせないとか、別れさせるとまで言いやがったんだぜ。これじゃ、どっちが偉いのかわかりゃしねえ。左近の旦那に、柳沢の野郎を黙らせてもらわなきゃ」

小五郎はそれでも腕を離さなかった。

「今の殿には、お伝えできないのです。辛抱《しんぼう》してください」

頭を下げられた権八は、いったいどこのどいつが左近の旦那の命を狙っているんだと悔しがり、小五郎の腕をわしづかみにした。

「このままじゃ、お琴ちゃんがまた遠くに行っちまうぜ。それでもいいのかい」

「権八さん」

お琴の声がしたので、権八と小五郎が路地を振り向いた。

お琴とおよねが歩み寄り、お琴が言う。

「およねさんから聞いて追ってきたの。小五郎さんも、柳沢様がいらしたことは、左近様の耳に入れないでください。わたしは、ここを動く気はまったくありませんから」

安堵して頭を下げる小五郎に背中をたたかれた権八は、込み上げる感情を抑えられなくなった。

およねが腕をつかむ。

「まったくお前さんは、いい歳して泣くんじゃないよ」

「だってよう。おりゃてっきり、お琴ちゃんがまた上方《かみがた》へ行っちまうと思って」

「馬鹿！　勝手に思い込んで出しゃばるんじゃないよ！」

「お琴ちゃん、ほんとうに、どこにも行かないんだな」

しつこく問う権八に、お琴は笑ってうなずいた。

「行かないわよ。わたしは、この町が好きなんだから」

「ああちくしょう、また泣けてきた」

およねが困った顔をして問う。

「まだ何かあるのかい」

「左近の旦那が、もう町に出られなくなるかもしれねぇと思うとよ……」

「そんなことあるもんかね」

およねが言葉を切り、小五郎に顔を向ける。

「そうでしょ。ありゃしませんよね」

「ええ、そうですとも。だから安心して、待っていてください」

小五郎にすまねえと言った権八は、およねとお琴に引っ張られて帰った。

頭を下げ、店に戻る小五郎に振り向いた権八は、お琴に言う。

「小五郎さんがああ言ったからには、何も心配はいらねぇぜ。だからよ、待っていようじゃないか」

「ええ」

お琴は笑って応じた。

煮売り屋に戻った小五郎は、かえでにお琴をまかせて、その足で出ようとした。

「どちらに行かれるのですか」

問うかえでに、小五郎は真顔で応じる。

「ご落胤の噂の出どころを突き止める。殿をお守りするには、そのほうが確かだ」

「殿はご承知なのですか」

小五郎は返事をせず、夜の町へ走った。これまで密《ひそ》かに調べを進めていた小五郎は、初めに噂が広まったのが深川だというところまでは突き止めていた。そこから探れば、影が見えてくるはずだと思い永代橋を渡り、まだ人が遊んでいる夜の町へ足を踏み入れた。

その夜はなんの収穫もなかったが、次の日も深川に渡って聞き込みをした。そして三日目には、ある料理屋で聞いたという者が多いことに気づいた。

小五郎は、店が開く夜を待って足を運んだのだが、あいにくこの日は、月に二度ある休みに当たっていた。

明晩出直すことにして煮売り屋に戻るべく、深川の町を出て永代橋を渡っていた小五郎は、背後から迫る殺気にいち早く気づいて振り向いた。

月明かりに白刃《はくじん》がきらめき、無言の気合と共に死が迫る。

右に転がって凶刃をかわした小五郎だったが、恐るべき剣技で横に一閃《いっせん》された刃が、小五郎が抜いて受けようとした小太刀《こだち》を弾き飛ばした。

後転して立ち上がった小五郎は、猛然と迫る曲者が打ち下ろす太刀をかわすべく跳びすさり、手裏剣を投げた。

火花が散り、手裏剣をものともせず曲者が迫る。

「むん！」

気合をかけた渾身《こんしん》の一撃は、小五郎が立っていた橋の欄干《らんかん》を断《た》ち斬った。

跳んで宙返りをし、曲者の背後を取った小五郎は、腰の隠し刀を抜いて斬りかかる。

曲者は見もせず受け止めた。そして、小五郎の刀身をすり流して間合いを取り、対峙《たいじ》した。

漆黒《しっこく》の覆面で顔を隠している曲者は、太刀の刀身を右に倒す構えを取り、間合いを詰めてくる。

小五郎が動いた刹那、曲者は左手のみで刀を鋭く振るい、大きな円弧《えんこ》を描いて斬りかかった。

一瞬惑わされた小五郎は、受けそこねて右腕を浅く斬られた。そこへ曲者が迫り、柄頭で額を打たれた小五郎は、うっ、と短い声を吐いたものの、相手の背後を取ろうとして身体を左に転じた。

その動きを見切った曲者も同じ動きをして、小五郎の前を取る。

目まいに襲われた小五郎は、逃げるべく欄干に走り、川に跳んだ。しかしその背中に、剣客の恐るべき片手斬りが迫った。

のけ反《ぞ》った小五郎は、真っ黒な川面《かわも》に横向きに落ちた。

欄干から下を見た曲者は、覆面を取った。花望道馬だ。

小五郎が浮いてこぬのを確かめた道馬は、刀身を拭った懐紙《かいし》を川に捨てて鞘に納め、悠然《ゆうぜん》と立ち去った。

八

身体は快方に向かっているものの、毒矢の傷口がなかなかよくならない左近は、桜田屋敷の寝所に籠《こ》もっていた。

東洋の手当てを終え、萬田亀五郎の秘薬を口に含んだ左近は、苦味に耐えながら、間部に問う。

「小五郎の行方はまだわからぬのか」

昨日の昼間にかえでから知らされた時は、小五郎らしくもない、早まったことをした、とこぼしたが、それは生きているものと信じているからこそだった。

だが、毎日かえでのもとへ戻っていた小五郎が、ぷっつりと消息を絶《た》ってしまうなどあり得ぬだけに、不安が募《つの》る。

布団から出た左近を、間部が慌てて止めた。

「まだ亀五郎殿の許しが出ておりませぬ。動かれては、これまで耐えて薬をお飲みあそばしたのが水の泡となります」

「薬はよう効いた。もう大丈夫だ」

「なりませぬ」

両手を広げて止める間部は、頑として動かぬ。

それでも行こうとした時、寝所の庭に、黒い人影が片膝をついた。

「小五郎、戻ったか」

左近が声をかけると、影が首《こうべ》を垂れた。

「久蔵《きゅうぞう》にござりまする」

小五郎の右腕とも言える久蔵は、次の言葉が出ず、顔を上げようとしない。

左近は廊下に出た。

「いかがした。申せ」

久蔵は、頭を下げたまま告げる。

「お頭を見つけました」

左近は脈が速まるのを感じて、片膝をついた。

「何ゆえ、沈んだ声なのだ」

「お頭は、大川に浮いているところを夜船の船頭に助けられたものの、今も眠ったままにございます」

小五郎の配下が、船頭の家を守っているとも聞いた左近は、西川東洋を連れていけと命じた。

久蔵は従って下がり、左近は間部に布団に連れ戻され、横になった。

脈を取った間部が、心配そうな顔をした。

「案ずるな、小五郎を案じて気持ちが焦っただけだ」

左近が微笑んで告げても、間部は不安を隠さない。

「小五郎殿のことは、わたしにおまかせください」

「気になって眠れぬ」

左近は、まんじりともせず次の知らせを待った。

西川東洋が来たのは、夕暮れ時だ。

まずは脈を取り、傷口の薬を替える東洋に、左近は待ちきれず問う。

「小五郎は、どうなのだ」

東洋はふたたび脈に指を当て、そのまま離さず左近を見つめた。

「こころを落ち着けてお聞きくだされ」

「悪い知らせか」

「命に別状はありませぬ」

左近は東洋の顔を見た。

「隠さず話してくれ」

目をそらしていた東洋は、難しい顔で告げる。

「命があるのみで、目をさますかどうかは、五分と五分です」

左近はきつく瞼を閉じ、顔を天井に向けて長い息を吐いた。

「どうしてそのようなことになったのだ」

「船頭が申しますには、永代橋で誰かと争っていたそうです。腕と背中を斬られておりますが、傷は浅く、血は船頭が止めてくれておりました。されど、額を強く打たれた痕《あと》があり、おそらくは気を失ったまま、川に落ちたのでしょう。船頭が急いで捜したそうですが、なかなか見つからず、助け上げた時には、身体が冷え切っていて、虫の息だったそうです」

「小五郎は殺しても死なぬ男だ。必ず目をさます」

「久蔵も、同じことを申しておりました。今はお琴様の警固を替わり、かえでが看病をしておりますから、おこころ安らかにお過ごしください」

「余は大丈夫だ。小五郎を頼む」

東洋は応じて、小五郎のところへ戻っていった。

左近は間部に、船頭の家の警固を増やすよう命じ、久蔵とかえでに、小五郎を斬った者を勝手に捜さぬよう厳命させた。

そして左近は、己が動けるようになった時にどうすべきか、身体を休めながら考えをめぐらせるのだった。

九

その頃、藩邸の役宅にいた家老のもとに、花望道馬が戻ってきた。

読み物を置いて渋い顔を向ける家老の前に座した道馬は、軽く頭を下げて告げる。

「綱豊の忍びの骸《むくろ》は、まだ見つかりませぬ。ですがご安心を。手ごたえは十分でございましたから、生きてはおりませぬ」

「呼び戻したのは、念には念を入れるためじゃ。忍びがどこまで突き止めていたかはわからぬが、手が伸びる前に、噂を流させた者どもを皆殺しにしろ」

道馬は家老の目を見ていたが、無表情で下を向いた。

「御意」

翌日の夕方、道馬は噂を流した藩士八人をねぎらう体《てい》で屋形船に集めた。

「おぬしたちの働きで、ことがうまく運んでいる。今日は、ご家老が酌《しゃく》をされるおつもりで一席もうけたのだが、殿の急なお呼び出しで来られなくなった。そのぶん、こころゆくまで飲んでくれとの仰《おお》せだ。あとできれいどころが乗ってくる手はずとなっておるゆえ、楽しみにしておれ。ささ、冷めぬうちに箸をつけてくれ」

いつもは表情に乏《とぼ》しい道馬が笑みを見せたことに、八人の藩士たちは機嫌をよくした。

「殿のお役に立てたのなら、これに勝《まさ》る喜びはない」

一人が言えば、

「さよう。道馬殿、若君が西ノ丸にお上がりあそばせば、殿は大老。若君付きの我らは、いずれ幕臣になれるのですね」

若い藩士が念押しして問うのに、道馬は微笑んでうなずいた。

「本日は、前祝いといきましょう。さ、皆で祝杯を上げますぞ」

道馬は朱塗《しゅぬ》りの杯《さかずき》に酒を注ぎ、己は手酌《てじゃく》をして掲《かか》げた。

八人もそれに倣《なら》って杯を掲げ、一息に喉へ流し込む。

「旨《うま》い」

「うむ、これほど旨い酒は初めてだ」

喜ぶ八人を見ていた道馬は、杯を置いて、やおら立ち上がった。

一口も飲んでいないことに気づいた一人が、不思議そうな顔を道馬に向けた時、己の身体に起きた異変に目を見開き、喉をかきむしりはじめた。

「おのれ！」

ようやく出た声はそれきりで、身体が痺《しび》れて倒れた。

他の藩士たちも立ち上がろうとしたが、足が言うことを聞かず倒れ、もがくこともできない。

道馬は太刀を抜き、一人ずつ仰向けにさせると、無情の切っ先を胸に突き入れてゆく。

計ったように横付けにされた船から配下が乗り込み、息絶《いきた》えた八人の始末にかかるのを横目に、道馬は小舟に移り、屋形船を離れた。

翌日——。

登城していた柳沢のもとへ、南町奉行《みなみまちぶぎょう》の松前伊豆守《まつまえいずのかみ》が来て告げた。

「お耳に入れたき儀があり、急ぎまいりました」

「申せ」

「今朝方大川の上流で、身元がわからぬ骸が八人も見つかりましたが、その中の一人が、ご落胤の噂を流した疑いがある者に似てございます。我らの動きを知って、口を封じたと思われます」

柳沢は怒りも露わに、閉じた扇子《せんす》で己の膝を打った。

「余は捨て置けと申したはずじゃ」

廊下でした綱吉の声に、柳沢と松前は上段の間に向いて頭を下げた。

小姓を従えて入った綱吉が、不機嫌な顔で座す。

「どういうことか申せ」

厳しく問われた柳沢は、平身低頭《へいしんていとう》した。

「勝手をお許しください。せめてご落胤が本物かどうか、確かめたかったのです」

「そのせいで、八人も殺されたのだぞ」

静かな口調だが、綱吉の怒りを感じた松前は、額を畳に擦《こす》りつけている。

柳沢が言上《ごんじょう》する。

「これは想像にすぎませぬが、綱豊殿を亡き者としたのちに、ご落胤を名乗り出る腹かと。その際に、暗殺の疑いをかけられぬために、噂を流した者の口を封じたと思われます」

綱吉は即座に告げる。

「これが綱豊の耳に入れば、命を狙う者を暴くために、おびき出そうとするやもしれぬ。万が一あらば、次に狙われるのは鶴姫じゃ。決して、綱豊に知られてはならぬ。西ノ丸に呼び戻して閉じ込めよ。三島屋のおかみはどうなっておる」

「頑なに拒みます」

鶴姫のためにも、綱豊を死なせてはならぬと繰り返した綱吉は、立ち上がった。

「余が直々に説得にまいる」

柳沢は慌てた。

「なりませぬ」

綱吉は聞かず、奥へ下がって小姓に支度を命じた。

そして、止める柳沢にも着替えを命じて、城を出たのだ。

無紋の羽織袴姿《はおりはかますがた》で町中を歩く綱吉は、

「なかなかよいものじゃ」

などと言い、颯爽《さっそう》と歩みを進め、柳沢を困惑させた。

綱吉を守る書院番《しょいんばん》の番士《ばんし》たちが、通りにいた町人を遠ざけて露払《つゆはら》いをするものだから、ちょっとした騒ぎになった。

町の者たちは、まさか綱吉が目の前を歩いているとは思いもせず、

「いったい、何がはじまるんだ」

口々にこぼし、綱吉が歩み去ったあとの通りを見回している。

三島屋では、無言で入ってきた柳沢の顔を見たおよねがすぐに気づいて、困惑したものの、奥へ通した。

その柳沢の背後にもう一人いるのに目をとめたおよねが、

「お客さんは、ここから先はご遠慮ください」

ただの侍だと勘違いして言うものだから、柳沢が小声で告げた。

「上様じゃ」

およねは卒倒《そっとう》しそうになり、柱につかまった。

「う……」

上様と言おうとしたおよねの口を手で塞《ふさ》いだ柳沢が、お琴に会わせろと告げる。

無言で何度も顎を引いたおよねが、いつも左近を苦しめる綱吉に文句のひとつでも言いたそうな顔をしつつ、座敷に案内した。

「おかみさん、今度は上様がいらっしゃいました」

小声で告げられたお琴は、左近の着物を畳む手を止め、困った顔をした。

何を言われても断るつもりで、身なりを整えて表の座敷に向かい、廊下で三つ指をついた。

気難しく、いつも眉間に皺を寄せているような人物だと想像していたお琴は、穏やかな顔で入るよう告げた綱吉の柔和《にゅうわ》な態度に、肩透かしを食らった気分になった。

向き合い、改めて頭を下げるお琴に、綱吉は穏やかに告げる。

「柳沢から話は聞いた。お琴殿、綱豊は今、厄介極まりない者に目をつけられ、命を狙われておる。余が西ノ丸から出したとて、一時のことと疑い手を抜くまい。今日は、頭を下げにまいった。このとおりじゃ。綱豊の命を守るためと思うて、曲げて西ノ丸に入ってくれ」

天下の将軍が頭を下げるのを見て、柳沢が目を見張っている。

柳沢の態度から、綱吉のまごころを見た気がしたお琴は、他の誰のためでもなく、左近のことだけを想い、三つ指をついた。

「承知いたしました」

頭を下げるお琴を見たおよねは、目を潤《うる》ませてそばに寄り、そっと背中に手を差し伸べ、愛《いと》おしそうな面持ちでさすった。

第四話　嗣縁《しえん》の禍《わざわい》

一

「おかみさん、三島屋はあたしがお守りしますから、安心してください」

泣いて駕籠《かご》から離れようとしないおよねに、待っていた迎えの侍は、たまりかねたように声をかけようとしたのだが、権八に邪魔をされた。

綱吉の突然の三島屋への来訪から二日後の早朝のことだ。

権八は、駕籠の戸の前にしゃがんでいるおよねの腕を引っ張って立たせ、感心したように息を吐く。

「おい見てみろ、こうして拝《おが》めば、やっぱり左近の旦那とお似合いだ。すっかり奥方様だぜ。きれいなんてもんじゃねえや。驚いたな、まったくよう」

髪を武家風に結《ゆ》い、小袖《こそで》に打掛姿《うちかけすがた》が板についているお琴を絶賛する権八もまた、目に涙を溜《た》めている。

お琴は二人に告げる。

「左近様が落ち着かれたら戻ってくるから。二人とも泣かないで」

「こいつは、嬉し涙だよ」

権八は笑って、幸せになってくれと付け加えた。

　およねはそんな権八を押しのけて、

「待ってますから」

　つい本音をこぼす。

「あのう……」

　水を差す侍に、権八とおよねは揃《そろ》って顔を向けた。

「別れを惜しんでもいいじゃないのさ」

　お琴を連れ去る者に対し、およねは遠慮がない。

　権八はそんなおよねの口に手を当てて黙らせ、不機嫌になる侍にぺこりと頭を下げて駕籠から離れた。

　侍がお琴に一言声をかけて、戸を閉める。

「しゅったぁつ」

　声に応じた行列が、歩みを進め、お琴を乗せた駕籠が三島屋から離れた。

「おかみさん！　待ってますからね！」

およねは大声をあげて追おうとしたが、権八が止めた。

「しんぺぇするな。いくら公方《くぼう》様の命令でもよ、左近の旦那がすぐ帰《け》ぇしてくださる。さ、朝飯だ。こういう時こそ腹いっぱい食べて、忙しく働こうぜ」

「でもお前さん、今ふと思ったんだけど、お二人にとっては、このほうがいいのかもしれないよ。特に左近様は、嬉しいんじゃないのかね」

「馬鹿野郎。てめぇが惚《ほ》れた女が悲しむのを見て喜ぶものか。少なくとも、おれにはわかる。左近の旦那も、そうに決まってらあな」

「あらお前さん、それほんとう」

「何が」

「あたしが悲しむから、そう言ってくれているのかい」

「あたりめぇだ」

「今日は仕事休んで、水入らずでいてもいいよ」

寄り添われた権八は照れ笑いをしたものの、目の前にいた犬が道端で吐きそうな音を出したのを見て気分が萎《な》えた。

「そうしたいところだが、たった今、店を守ると約束したばかりだろう。商売だ商売」

権八はおよねを連れて長屋に戻り、朝飯をかき込んで大工仕事に出かけていった。

お琴を連れた行列は、桜田御門から曲輪内《くるわうち》を進み、西ノ丸大手門《おおてもん》を入った。

引き継いだ又兵衛は、駕籠を担《かつ》ぐ者たちに奥御殿に上がるよう指示を出し、密《ひそ》かに駕籠を守ってきていたかえでを見つけて、手招きした。

先へ進むお琴の駕籠を見ながら、又兵衛はこぼす。

「困った。わしは、どうすればよい」

かえではいぶかしそうな顔をした。

「どうされたのです」

「殿がお戻りにならぬのじゃ」

かえでは表情を厳しくした。

「またお具合が悪くなられたのですか」

「毒の心配はほぼのうなったが、上様がお琴殿を直々《じきじき》に説得されたと申し上げたら、へそを曲げられてな。帰らぬとおっしゃった」

何も言わぬかえでを見た又兵衛は、眉間《みけん》に皺《しわ》を寄せた。

「何ゆえ嬉しそうな顔をしておる」

かえでは微笑《ほほえ》んで告げる。

「殿はお琴様のために、お戻りにならぬのです」

「わかるように言うてくれ。何ゆえじゃ」

「殿が西ノ丸に戻られれば、上様はおそらく、お琴様が町に戻るのを許されませぬ」

「妙なことを申す。殿がお琴殿と暮らすのを望まれておるのは、そちもよう知っておろう。それが叶《かな》うのじゃぞ」

「上様が半分脅《おど》してお琴様を従わせたのを、殿はご存じなのです」

又兵衛は驚いた。

「そちは、すべてお伝えしたのか」

「当然です。我ら甲州者は、殿に隠しごとなどいたしませぬから」

かえでに厳しい目を向けられた又兵衛は、目まいがしたのかふらついた。

「しまった、口止めをしておくべきじゃった」

「わたしがお伝えせずとも、上様が三島屋に行かれた時点で、殿はお察しになられたでしょう。お琴様が殿のために店を出られたのは、誰の目にも明らかですから」

「それの何がいけぬのだ。お琴殿は、商《あきな》いよりも殿をお選びになられた。わしなら、大喜びするぞ」

「己の幸せばかりを願うお方ではないのです。特に今は、殿がお命を狙われておりますから、お琴様がお近くにいらっしゃらないほうがいいと思われるのは当然かと」

きっぱり言われた又兵衛は、眉根《まゆね》を下げた。

「困った。お戻りいただかなくては、上様が激怒されるぞ。いや、それより何より、決心されたお琴殿が気の毒じゃ」

「いらぬ心配です。お琴様と殿の絆《きずな》は、そのように軽いものではありませぬ」

「いや、上様がな……」

聞かずお琴の駕籠を追うかえでを目で追った又兵衛は、鬼と言われた大目付時代からは想像もできぬほど困り顔をして、とぼとぼと御殿に戻った。

二

岩倉と泰徳が顔を揃えて左近を訪ねてきたのは、お琴が西ノ丸に入って二日後の昼だった。

床上《とこあ》げをしていた左近は、二人を庭の東屋《あずまや》に通させ、酒を自ら運んだ。

岩倉は、左近が毒矢を受けたのを知って見舞いに来たのだが、門前で泰徳と偶然会い、お琴の話を聞いたらしい。

「おぬしはここで何をしておる。今すぐ、西ノ丸へ帰れ」

開口一番が、これだった。

左近はそんな岩倉に、杯《さかずき》を差し出した。

泰徳にも渡し、酌《しゃく》をしながら、新井白石から聞いたのかと問うと、泰徳はうなずいた。

「今朝聞いて、どうなっているのか気になって来たのだ。綱吉公に説得されて動くようなお琴ではないのは、おぬしが一番よく知っているだろう。何ゆえへそを曲げる」

左近が答える前に、岩倉が続く。

「そのとおりだ。綱吉が気に入らぬのはようわかるが、お琴殿のために帰れ」

綱吉を嫌う岩倉の物言いに、左近は微笑むだけで応《こた》えない。

岩倉は苛立《いらだ》ちを隠さず、酒を飲んだ。

泰徳も一口飲んで言う。

「お琴がようやく西ノ丸に入ったのだ。様子を見るだけでも、帰ってやったらどうだ」

「ほんとうは、飛んで帰りたいのではないか」

探るような目を向ける岩倉に、左近はまた微笑む。

岩倉が杯を置いて立ち上がった。

「こうしておっても埒《らち》が明かぬ。途中まで送ろう」

泰徳も続いて、左近の腕を引いた。

「立て。行くぞ」

二人に強引に引っ張られた左近は、帰ることにした。

間部に告げると、嬉しそうに応じて、共に屋敷を出た。

西ノ丸下まで送ってくれた岩倉が、

「ようやくだな。ここに正直になれ」

そう告げて、胸をたたいた。

「うむ」

左近は二人に礼を言い、間部と共に西ノ丸に戻った。

門番からの知らせを受けた又兵衛が、表玄関の式台で待っていた。

左近を見るなり眉根を下げ、安堵《あんど》したように言う。

「お帰りなさいませ」

「お琴は、いかがしておる」

「奥御殿でお待ちです。やはり居心地が悪いのか、ろくに食も進まず、夜もあまり眠れてはおられぬようです」

又兵衛はお琴の身を案じているのか、自分も疲れた顔をしている。

左近は奥御殿へ急ぎ、庭が見渡せる角部屋に入った。

広い座敷で、お琴は一人で座していた。その姿を見た左近は、二日も意地を張った己は愚《おろ》か者《もの》だと責め、駆け寄って抱きしめた。

「待たせてすまなかった」

お琴は無言で、首を横に振った。

お琴の目を見た左近は、そっと唇《くちびる》を重ねた。

「不自由はないか。必要な物はなんでも言ってくれ」

お琴は微笑む。

「又兵衛殿が気を使ってくださり、わたしにはもったいないほどです」

言われて改めて見れば、雅《みやび》な打掛や装飾品が山と積まれている。

「又兵衛の奴、どこから集めてきたのだ。小間物も、売るほどあるな」

お琴は、簪《かんざし》や櫛《くし》が並べられた棚《たな》を見ようともせず、左近の右腕の袖をそっとまくり上げた。

巻かれている晒《さらし》を見て、心配そうな顔を向ける。

左近はお琴の手をにぎった。

「傷はもう大丈夫だ。毒も抜けた」

「かえでさんが教えてくれました」

姿がないのは、小五郎のところにいるからだ。

左近はお琴の髪を見た。かえでが結ってくれたという武家の髪形がよく似合い、美しさは増しているのだが、三島屋で見せていた表情とは、どこか違う。

「おれのために、すまない」

お琴は首を横に振り、手に力を込めた。

「あやまらないでください。左近様のお命のほうが、わたしにとっては何よりも大切ですから、望んで上がったのです。これからは、共に暮らしましょう」

目に涙を浮かべて言うお琴を、左近は抱き寄せた。

このうえない喜びだが、手をつけられず、見ようともしない小間物が目に入った左近は、楽しそうに働いていたお琴の姿が脳裏《のうり》に浮かんだ。きっと無理をさせているに違いないと思い、胸が締めつけられた。

正直になれという岩倉の声も聞こえ、目をつむってお琴をきつく抱いた。

それからは庭の散策や茶など、二人で過ごした。

これまで武家屋敷に入るのを拒《こば》んできたお琴にとって、西ノ丸という場所は鳥《とり》籠《かご》も同じ。三日が経《た》っても、一度も店のことを口に出さぬ姿は、左近にはやはり、無理をしているようにしか見えなかった。

口ではここで暮らすと言っても、ふと遠くを見る眼差しは、どことなく寂しさがにじんでいる。

そんな中、かえでから吉報が届いた。小五郎が目をさましたのだ。

頭にも異常はなく、あとは怪我《けが》を治すだけだと聞いた左近は、看病をしたかえでをねぎらい、お琴と喜んだ。

そんな二人を見たかえでが、明るく告げる。

「三島屋は、今日も繁盛《はんじよう》しておりました。およねさんから、心配しないでくださいとの言付《ことづ》けを頼まれました」

「そう」

それだけで、他には何も訊《き》こうとしないお琴に、かえでは心情を察したのだろう。困惑したような顔を左近に向けた。

「引き続き、小五郎を診《み》てやってくれ」

左近が告げると、かえでは頭を下げて立ち去った。

岩倉が訪ねてきたのは、そんな時だった。

表御殿の客間で膝《ひざ》を突き合わせた左近に、岩倉が笑みを含んだ眼差しで問う。

「どうだ。望みが叶った感想は」

冷やかしに来たと言う岩倉に、左近は隠さず胸の内を明かした。

「お琴は決して、今の暮らしに不服は言わない。明るく笑い、西ノ丸での暮らしを楽しんでいるようだが、どことなく、無理をしているように見える」

岩倉が首を横に振った。

「よせ」

「何をよせと申す」

「穿《うが》ちすぎた見方に決まっておろう。まだ城に入って間がないのだ。町の暮らしが懐かしいのは当然だが、お琴殿はおぬしのために、耐えておる。見て見ぬふりをして、お琴殿を幸せにすることだけを考えろ」

「幸せとは、なんだろうな」

岩倉は驚いた。

「今さらか」

「おれは、お琴には無理をしてほしくないのだ」

「わがままだな」

「わがまま？」

「さよう。わがままだ。こころの底から喜んで、城での暮らしに満足してほしいと強く思うておるから、寂しそうな顔をされると、おぬしの気持ちが落ち着かぬだけであろう」

左近は笑った。

「そうかもしれぬ」

「わたしの妻も、初めの頃は家を恋しんで寂しそうな時もあったが、今は、慣れたようだぞ」

「そういうものか」

「そういうものだ」

決めつける岩倉は、時が薬だと言い、左近を勇気づけた。

「それよりも、命を狙う者をどうにかしたらどうだ。今のままでは、おぬしがようてもわたしが落ち着かぬ。今日は手伝うつもりで来た。何かすることはないか」

「おぬしには頼めぬ」

「何ゆえだ」

「柳沢と顔を合わせとうはないだろう」

左近の言葉の意味を察したのか、岩倉は満足そうな顔をした。

「尻をたたくつもりだったが、やはり、黙ってはおらぬようだ」

「このままでは、町を歩けぬからな」

「柳沢に会《お》うて、何をする気だ」

左近は答えず、心配するなと言った。

そして、岩倉を西ノ丸大手門まで見送った左近は、又兵衛が支度した駕籠に乗り、わずかな供を連れて柳沢の屋敷へ向かった。

三

突然の訪問に、柳沢家の者は慌《あわ》てたようだ。

「あるじは、城に上がっておりまする」

こう述べた家来に、又兵衛が告げる。

「何も告げずの訪問じゃ。気になさるな。西ノ丸様は帰りを待たれる」

「はは」

門前払いなどできるはずもなく、家来は左近を書院の間に通し、唇が乾《かわ》く間もないほど茶を出してくる。

待つこと一刻（約二時間）。日が西に沈んだ頃に戻った柳沢は、裃《かみしも》を着けたまま、驚きを隠さぬ様子で書院の間に入ってきた。

「前もってお知らせくだされば、お待たせせぬものを。このような時に、外に出られたと上様のお耳に入れれば……」

その先を言わぬ柳沢は、下座で向き合って正座し、頭を下げた。

「お琴殿のことは、さぞご立腹でしょうが、上様がどうしてもとおっしゃり、止められませんでした」

「腹など立ててはおらぬ。おかげで、楽しゅうしておる」

嫌味ではなく本音を口にした左近は、面《おもて》を上げさせて告げた。

「今日は、例のご落胤《らくいん》の件でまいった。隠さず教えてくれ。そなたは、ご落胤に覚えがあるのか」

柳沢は厳しい目を向け、首を横に振った。

「まったくもって、見当もつきませぬ」

「そう申すだろうと思うていた」

「嘘偽《うそいつわ》りはありませぬぞ」

「うむ。では、当時上様が通われていた屋敷のあるじを教えてくれ」

左近の言葉に、柳沢は一瞬戸惑いを見せたが、すぐさま元の厳しい顔になった。

「ご落胤を捜さぬのは、上様の思《おぼ》し召《め》しです。それでも捜すおつもりですか」

「余《よ》は、命を狙われておるゆえな。夜もおちおち眠れず、疲れておる」

左近が含んだ笑みを浮かべると、柳沢は目を背《そむ》けて考える顔をしていたが、やおら立ち上がり、座をはずした。

程なく戻ってくると、左近の前ではなく書院に向かって座し、胸元から一冊の帳面を出して置き、膝を転じて言う。

「これより所用で四半刻《しはんとき》（約三十分）ほど離れますが、待っていてくだされ」

柳沢が廊下に出ると、小姓が障子を閉め切った。

置かれた帳面を見た左近は、歩み寄って手に取った。開いて見れば、十数人の大名と旗本の名が記されていた。

柳沢は、左近に見せるために置いたのだ。

すべての名を覚えた左近は帳面を戻し、柳沢を待たず廊下に出ると、離れた場所に控えていた小姓が、心得た様子で玄関に案内した。

帰る左近を物陰から見ていた家老の藪田重守《やぶたしげもり》が、そばにいる柳沢に振り向いた。

「お見せしてよろしかったのですか」

心配する藪田に、

「まことのご落胤であれば、これに勝《まさ》るお世継ぎはない。綱豊殿が真相を暴《あば》くなら、上様も納得されるであろう」

柳沢はこう告げて、静観を決めた。

西ノ丸に帰った左近は、お琴がいる奥御殿に向かった。

待っていたお琴が、夕餉《ゆうげ》の膳《ぜん》を出してくれた。

濃い色合いで、一見すると肉のような麩《ふ》の煮物を見て、左近はお琴に顔を向けた。

「そなたが作ってくれたのか」

お琴は微笑んでうなずいた。賄方《まかないかた》に台所を借りて、左近のために用意したのだという。

箸《はし》で取って口に入れた左近は、思わず笑みがこぼれた。お琴の手料理は、長らく桜田の屋敷に籠《こ》もっていた左近にとっては、何よりのご馳走《ちそう》だ。

茄子《なす》と唐辛子《とうがらし》の辛味《からみ》噌炒《そいた》めは、食欲を増す味。

左近は飯を二杯も食べ、お琴はその様子を見て、元気になってよかった、と嬉しそうな顔で言った。

三島屋でそうであったように、共に食事をとった左近とお琴は、夜の庭に出た。

空を見上げたお琴が、星を眺《なが》めながら言う。

「左近様とこうして暮らすのを、どこかで恐れていた気がします」

「何ゆえだ」

「さあ、どうしてでしょう」

「今は、どうなのだ」

「場所がどこであろうと、こうしておそばに寄り添えるのは、何よりの幸せだと気づきました」

「本心で言うてくれておるのか。店のことは、よいのか」

「およねさんが守ってくれていますから」

「守ってくれている、か」

今の言葉で、いつかは帰ってしまうのだろうと、左近は漠然《ばくぜん》と感じた。

この気持ちを岩倉が聞けば、考えすぎだと怒るだろう。

星を見るお琴の横顔から眼差しを空に向けた左近は、少し歩こうと誘い、夜の庭の散策をした。

篝火《かがりび》の明かりの中を歩いていると、廊下に間部が来て片膝をついた。

「殿、小五郎殿がまいられました」

左近とお琴は顔を見合わせた。

小五郎の怪我を知っているお琴は、安堵のあまり目を潤《うる》ませている。

「共に行こう」

「はい」

左近はお琴を連れて廊下に上がり、小五郎を通すよう間部に告げた。

程なく庭に現れた小五郎は、杖《つえ》をついているものの、表情はいつもと変わらなかった。

片膝をつこうとする小五郎を止めた左近は、腰かけろと、縁側を示した。

恐縮した小五郎は、お琴に微笑んで頭を下げた。

お琴が問う。

「傷はまだ痛むのですか」

「あと少しといったところです。ご心配をおかけしました」

「さあ、こちらに」

お琴が縁側を示すと、小五郎は応じて腰かけた。

「かえでが、お琴様のことばかり話していました。西ノ丸に花が咲いたようだと」

左近は笑った。

「花か。まさにそのとおりだ」

お琴も笑って、

「西ノ丸にも、きれいなお女中衆がおられますのに」

そう言うものだから、小五郎がかぶりを振る。

「ひときわお美しいと、憧《あこが》れているのです」

お琴は恥ずかしがり、お茶を持ってくると言って行ってしまった。

目で追っていた小五郎が、表情を一変させ、左近に向いて口を開く。

「殿、柳沢様のお屋敷に、何をなされに行かれたのですか」

寝ていても行動を知っている小五郎に、左近は舌を巻いた。

「跡をつける者には用心させたつもりだったが、守ってくれていたのか」

「久蔵と、三名ほどがおりました」

「そうであったか」

左近は、改まって告げた。

「明日、そなたを呼ぶつもりだった。こちらにまいれ」

左近はお琴に、表御殿に行くと告げて、小五郎を連れて居室に戻った。

紙と筆を渡し、柳沢の帳面に記されていた大名旗本の名を告げた。

すべてを書き終えた小五郎に、左近が問う。

「その中に、ご落胤の年頃の子がおる家があるか」

武家の家系に詳しい小五郎は、紙から顔を上げ、左近に顎《あご》を引いた。

「七つになる息子がおりますのは、三家あります」

「三人もおるのか。誰だ」

小五郎は書いたばかりの紙を左近の前に広げ、一家ずつ指差した。

「探りますか」

「いや、動くな。いずれも譜代の名門だ。ゆえに上様は、向こうから名乗り出るのを待たれておるのやもしれぬ」

小五郎は不安そうな顔で訴えた。

「しかし、名乗り出れば殿のお命を狙《ねろ》うたと自ら白状するようなもの。出るとは思えませぬが」

「小五郎が言うとおり、余が生きておるうちはそうであろう。だが、世継ぎがいなくなれば、話は別」

「刺客がまた来ると、お思いですか」

左近はうなずいた。

「こたびは毒矢を受けたのがいけなかった。上様は襲撃を恐れられ、お琴を西ノ丸に入れたのだ。敵は、余が床上げをしたと知れば、動くであろう」

「そうはさせませぬ。探らせてください」

「御三家《ごさんけ》、特に鶴姫がおられる紀州は、ご落胤の行方を密かに捜しておるはず。同時に、我らの動きも見ておろう。ここは慎重に動かねば、なんの罪もない子の命が危ない」

小五郎は驚きを隠さぬ。

「紀州が、ご落胤の命を狙うとお考えですか」

「余の命を奪おうとしたのを口実に、あるじもろとも誅殺《ちゅうさつ》する恐れがある」

自分よりも子のことを心配する左近の気持ちに触れた小五郎は、頭を下げた。

「殿のお気持ちも考えず、勝手に探ろうとしていた己が、恥ずかしゅうございます」

「余を思うてのことゆえ、そのように己を責めるな」

左近はさらに告げる。

「疑惑の三人は、いずれもできた御仁《ごじん》。余の命を狙うとは思えぬ。だが、あるじの意に反して家来が動いておるなら、話は変わってくる」

小五郎は真顔で応じた。

「となると、公《おおやけ》の場に出ませぬから、藩主よりも厄介《やっかい》かもしれませぬ」

「御三家に知られず、この三名を誘い出す手はないものか」

「会うて、なんとなされます」

「家来も、ついてまいろう」

小五郎は不安そうな顔をした。

「囮《おとり》になるとおっしゃいますか」

「毒消しも手に入ったゆえ、毒矢を恐れることはない。柳沢がこれを見せてくれたのは、余が真相を暴くのを期待しているからだ。それには応えてやろう」

微笑む左近に、小五郎は探るような眼差しで問う。

「そのお顔は、何か策を思いつかれましたな。是非ともお教えください」

見抜いた小五郎に、左近は覚悟を決めて告げた。

「回りくどいことは抜きにして、三人と膝を突き合わせてみようと思う。三人はいずれも、茶人としても名が知られている。そこで、茶会を開き、その者たちを招こうと思う。だが、誘う口実が問題だ。疑われていると察すれば、辞退される恐れがある」

小五郎は考え、すぐに答えた。

「万庵《ばんあん》殿を使うのはいかがでしょうか」

「万庵か。なるほど、茶人として名高いあの者ならば、大名たちは興味を持つはず。それはよい考えだ」

「では、万庵殿には、趣旨《しゅし》を伝えず茶会を開くよう申しつけます」

「いや、余が直《じか》に頼む。呼んでくれ」

「はは」

小五郎は下がり、西ノ丸からくだった。

四

茶会が開かれたのは、半月後だ。

なるべく人目につかぬ場所を望む左近が万庵にすすめたのは、庭が美しいことで知られた上野《うえの》の長光寺《ちょうこうじ》。

広大な境内《けいだい》にある宿坊《しゅくぼう》の、庭に面した座敷に集まったのは、
武州《ぶしゅう》岩戸藩《いわとはん》五万石、立川伊勢守志朝《たてかわいせのかみあきもと》。

播磨加西藩《はりまかさいはん》二万石、玉野伯耆守貞幹《たまのほうきのかみさだみき》。

他に大身《たいしん》旗本五名。

そして、佐野主計頭智直だった。

万庵は佐野に対し、満面の笑みで頭を下げた。

「佐野様、ご無沙汰《ぶさた》をしております」

佐野は朗《ほが》らかに応じて、他の七人に会釈《えしゃく》をして遅くなったと詫《わ》び、自分の座に着いた。

旗本の一人、川手《かわて》某《なにがし》がひとつ空いている席を見て、万庵に問う。

「あと一人は、どなたがまいられるのだ」

左近から茶会の趣旨を知らされていない万庵は、懇意《こんい》にしているのを自慢するかのように告げる。

「西ノ丸様にございます」

川手は驚き、後ろ暗いことがないだけに、素直に喜んだ。

「おお、西ノ丸様か。それは嬉しい。一度ゆっくり話をしてみたいと思うておった」

地声が大きい川手が喜ぶさまを聞きながら廊下を歩いていた左近は、小五郎が障子を開けた座敷に足を踏み入れた。

川手が口を閉じ、頭を下げた。

揃って頭を下げる者たちの前を進んだ左近は、己の席に着く前に声をかけた。

「遅くなった。皆、今日は無礼講じゃ。面を上げてくれ」

川手と他の旗本たちは笑顔で応じたものの、三人の大名はいずれも、綱吉に奥方を差し出し、噂《うわさ》にある年頃の子がいるだけに、左近を前にして、いささか緊張している様子だ。

万庵が茶を点《た》てる見事な手前を、一同が沈黙して見守った。

茶碗を左近に差し出した万庵が、次の茶を点てながら、神妙な態度で口を開く。

「西ノ丸様、巷《ちまた》で広がっているご落胤の噂が事実ならば、これからどうなられるのですか」

これは、左近が前もって、何も訊かず、他言せず、当日投げかけるよう吹き込んでいたものだ。

内容が内容だけに、旗本たちはいらぬことを申すなと叱《しか》ったが、左近は笑って応じた。

「まことに上様のお子ならば、国の慶事だ。余は喜んで西ノ丸を明け渡す。これまでのことは、すべて水に流すつもりだ」

万庵は茶筅《ちゃせん》を止め、左近を見た。

「上様は、何ゆえご落胤を捜されないのでしょうか」

この問いには皆興味があるらしく、左近に顔を向けてきた。

左近は茶を飲み、ひとつ息を吐く。

「余にもご真意はわからぬが、名乗り出るのを待っておられるのかもしれぬ」

「小耳に挟んだのですが、西ノ丸様は、お命を狙われたとか」

万庵の言葉に、川手が尻を浮かせるほど驚いた。

「西ノ丸様、万庵が申したことはまことですか！」

左近は笑った。

「落ち着け。見てのとおり、余は生きておる」

「しかし、襲われるとは一大事ですぞ。上様は、ご存じなのですか」

「ことを荒立てれば、天下が揺らぐとお考えだ。ここで聞いたことは、寺を出たら忘れてくれ。余は、襲うた者を咎《とが》めるつもりはない」

そこを強調しておき、万庵に茶碗を返して告げる。

「二度と襲われぬよう、仏に手を合わせて願うといたそう。皆は、ゆるりと茶を楽しんでくれ。万庵、あとを頼む」

「承知いたしました」

頭を下げる万庵を横目に、左近は皆に楽にするよう告げて、本堂に渡った。

本堂は修復を終えたばかりで、天井の仏画《ぶつが》は色鮮《あざ》やかだった。

誰もいない中、須弥壇《しゅみだん》の前に正座した左近は、黒光りする仏を見上げた。まるで生きているように思えるほど目力《めぢから》がある仏に手を合わせ、声に出さず念仏を唱《とな》えた。

中に人が入る気配がして、近づく足音が背後で止まった。

手を合わせる左近の背後で両手をついて告げるのは、立川だ。

「西ノ丸様は、何をお疑いでそれがしを招かれたのかは存じませぬが、当家の息子は間違いなく、それがしの血を引く者にございます。決して、ご落胤などではありませぬ」

左近は振り向かず問う。

「立川殿のお子は、ご嫡子《ちゃくし》か」

「はい」

「さようか。他に男児はおらぬのか」

「娘のみにございます」

「さようか。あいわかった。下がるがよい」

平身低頭《へいしんていとう》した立川は、不安を隠せぬ様子で立ち去った。

入れ替わりに来たのは、玉野だ。

「西ノ丸様、それがしの嫡男《ちゃくなん》も、決してご落胤ではありませぬ。奥は、女は誰の子かわかると申しました。それがしはその言葉を信じて疑いませぬ」

「玉野殿」

「はは」

「辛《つら》いかもしれぬが答えてくれ。上様は、奥方が身ごもられたのをご存じだったか」

「むろんにございます。以来一度も、当家にくだられておりませぬ」

「さようであったか。では、ご落胤の噂は、迷惑か」

「いかにも。あの噂のせいで、奥は近頃気鬱《きうつ》になっておりまする。それがしも、こうして西ノ丸様に疑われて、悲しゅうございます」

憤《いきどお》りを隠さぬ玉野の態度は、嘘をついているようには見えなかった。

左近は、膝を転じて頭を下げた。

「不快な思いをさせた」

玉野は慌てて平伏《へいふく》した。

「西ノ丸様は何ひとつ悪くありませぬ。どうか、頭をお上げくだされ」

「これに懲《こ》りず、将軍家のために力になってくれ」

「はは！」

玉野は申しわけなさそうに、下がっていった。

どうやら三人の大名は、身の潔白《けっぱく》を示そうと話し合ったらしく、間を空けず佐野が入ってきた。

佐野に必死さはなく、落ち着きはらった態度で、

「愚弄《ぐろう》するのはおやめくだされ」

一言告げて、平伏した。

その言葉が妙に引っかかった左近は、横を向いて佐野と向き合い、面を上げさせて問う。

「将軍家に対する憤りがあるなら、仏の前で申してみよ」

顔を上げた佐野は、口を開こうとしたのだが、左近の肩越しに眼差しを向け、何かに気づいたような顔をして首を横に振った。

「憤りなど、ございませぬ」

後ろを振り向かぬ左近は、佐野をじっと見つめて告げる。

「そのほうとは、場を改めてゆっくり話したい。明日にでも、子を連れて西ノ丸にまいれ。よいな」

佐野は左近から目を背けず、動揺するでもなく、平伏して応じる。

「承知いたしました」

左近の背後にあった気配が消えたのは、程なくだ。

左近は佐野を下がらせ、茶会の場に戻った。旗本たちは、三人の大名と左近を

気にしているようだったが、何も訊こうとはせず、無礼講に従って歓談をした。

万庵が場の空気を和《なご》ませてくれたのは、言うまでもない。

茶会がお開きとなり、左近は大名と旗本たちを見送ったあとで、万庵に茶を一服所望《しょもう》した。

万庵は左近に茶を差し出し、いつもと違って不安そうに訊く。

「今日は、お役に立てましたか」

左近は微笑み、

「いつぞやの件は、これで帳消しだ。これよりは、余に気を使わずともよい」

こう告げると、万庵は、

「では、大手を振って、気楽に殿をお訪ねできますな」

飄々《ひょうひょう》と応えたかと思うと、にやりとした。

左近も笑い、茶を飲んで一息ついた。

茶碗を引き取った万庵が、表情を一変させて厳しくし、小声で告げる。

「くれぐれも、お命は大切になさってください」

まるで何かを知っているような言いぐさに、左近は目を見る。

「さすがは万庵、知っていて、余の頼みを聞いてくれたか」

万庵は目をしばたたかせ、さらに声を小さくして続ける。

「地獄耳ではないのですが、殿を六代将軍に望む声は、あちらこちらから耳に入ってきます。本日のように、ご家来もそばに置かれずご落胤の話をされるなど、ああ、恐ろしい。この年寄りは、肝《きも》が冷えました」

「それは、悪いことをしたな」

左近が笑いながら言うと、万庵は、よしてくださいよ、と手を振って言い、しかめた顔を何度も横に振った。

「西ノ丸様に何かあれば、江戸の民の希望は消えてしまいますから、くれぐれも、身辺にお気をつけください」

「又兵衛からさんざん言われていることだ。そちまで申すな」

「わたしの言葉は、民の声とお思いください」

「大げさな」

「嘘ではありませんよ。西ノ丸様は、わたしどもの希望なのです」

同じ言葉を口にする万庵の目つきは、左近を案ずるものだった。

もう一杯所望した左近は、満足そうに手の中の茶碗を見つめた。

「そなたの茶は、実に旨《うま》い」

「何よりのお言葉にございます」

間部が計ったように来て、万庵の前に紫紺《しこん》の包みを置いた。

万庵が左近に問う顔を向ける。

「今日の礼だ。受け取ってくれ」

「見てよろしいですか」

「たいした物ではないが」

包みを解き、木箱の蓋《ふた》を取って中の物を手にした万庵は、大きな目を左近に向けた。

「黒々しい光沢《こうたく》の中に、星を散りばめたような青い輝きがある茶入《ちゃいれ》。これはまさか、瀬戸金華山《せときんかざん》ですか」

左近は目を細めた。

「一目でわかるとは、さすがだな」

万庵はより目を大きくして、震える手で茶入を箱に戻し、左近に差し出した。

「このような大名物《おおめいぶつ》、手前にはもったいない。いただけませぬ」

「そう言うな。今日の礼だ」

「戦国の世には、城よりも価値があったと言われる逸品《いっぴん》ですぞ。手前などが持てば、罰《ばち》が当たります」

左近は差し出した。

「余よりも、万庵に使《つこ》うてもろうたほうが、茶入も喜ぶ。受け取ってくれ」

万庵は涙ぐんだ。

「長生きはしてみるものです。このような日が来ようとは……」

息子に自慢してやりますと言い、万庵は箱を抱きしめた。

感激が冷めやらぬうちに帰っていく万庵を廊下で見送っていると、小五郎が来た。

間部に人を近づけぬよう命じた左近は、小五郎と座敷に入った。

「どうであった」

小五郎はそばに寄って告げる。

「本堂の様子を探っていたのは、佐野様の家老、原田意次《はらだおきつぐ》の手の者です」

「他の者の家来は」

「誰もおりませぬ。これより、佐野家を探ります」

逸《はや》る小五郎に、左近は告げる。

「もはや、答えは出たようなもの。原田本人に問うてやろう」

「では、それがしに妙案がございます」

小五郎はより近づき、小声で策を告げた。

「うむ。よかろう」

「では、これよりまいります」

小五郎は廊下に下がり、静かに障子を閉めた。

五

佐野主計頭の供をせず、藩邸で政務に勤《いそ》しんでいた原田は、戻った家来から寺の様子を聞いて驚き、急ぎあるじの部屋に向かった。

「殿、意次にございまする」

返事はない。

「入りまする」

声をかけて障子を開けた原田は、背を向けて横になっている佐野を見て、ひとつため息をついた。

「殿、明日西ノ丸に上がるよう命じられたとは、まことにございますか」

振り向きもしない佐野を前に心配そうな顔となった原田は、そっと回り込んだ。そして佐野を見た途端、落胆した。

横になっている佐野は、亡き妻の形見である櫛を見つめ、愛《いと》おしそうになでているからだ。そして、妻に語りかける言葉を並べはじめたかと思うと、急に起き上がり、一点を見つめて怒鳴った。

「綱吉め！　ええい、綱吉め！　余の奥を返せ。余の奥をおおお！」

櫛を抱いて天井に向き、首からこめかみまで青筋が浮くほど苦しんでいる。

もはや、原田など目に入っていない様子の佐野は、左近と対面した時とは別人のようだ。

止めようとしない原田は、襖《ふすま》の隙間《すきま》からこちらを見る目にはっとなり、そちらに向かった。

「若君、お父上を見てはなりませぬ」

襖を開けて子を遠ざけようとしたが、手を払った子は、佐野のもとへ走った。

「父上！　わたしはここにいます。父上！　父上！」

何度も呼ばれて、ようやく佐野は我に返ったように子を見た。

「おお、真千代《まさちよ》」

名を呼び、優しい顔で手を差し伸べるあるじの姿に、原田は安堵の息を吐き、そっと廊下に出た。そこへ小姓が走り寄り、片膝をついて告げる。

「西ノ丸様の使者がまいられ、ご家老は急ぎ、長光寺へまいられるようにとのお達しにございまする」

「来たか。望むところよ」

なんのことですか、と不安そうな顔をする小姓に、原田は笑ってみせた。

「殿と若君を頼むぞ」

そう告げ、己の役宅に戻ると、配下が待っていた。この男は、本堂で左近とあるじの様子を探っていた佐野家の用人《ようにん》だ。

原田は渋い面持《おもも》ちで告げる。

「綱豊に呼び出された。道馬はどこにおる」

「綱豊が寺を出るのを待ち構えております。呼び出されたのは、我らのことを知られたからでしょうか」

「行ってみなければわからぬが、そう思うて支度を怠《おこた》るな」

「承知しました」

用人は手の者を集めた。

己も身支度を整えた原田は、十人を従えて藩邸を出た。

寺に到着してみれば、左近の家来の姿はなく、境内はひっそりとしていた。

山門《さんもん》を潜《くぐ》ろうとしたところ、物陰から道馬が出てきた。

原田が問う。

「甲府藩の者がおらぬが、綱豊はどうした」

「供の者は引きあげましたが、綱豊は数人を残してまだ中におるようです」

原田は山門の中を睨《にら》み、足を踏み入れた。

本堂の前で待っていた小坊主が、原田に歩み寄って案内すると告げた。通されたのは、宿坊の座敷だ。

一人で待っていたのは、小五郎だ。

名乗る小五郎に、原田は困惑した様子で問う。

「それがしに、なんのご用でございますや」

そこへ、寺の小坊主が入ってきて、原田に茶を出した。

小五郎が穏やかに告げる。

「話をする前に、せっかくですからお飲みくだされ。ここの茶は、旨いですぞ」

「いや、結構。ご用の向きをうかがいましょう」

「そうですか」

小五郎は、小坊主が置いてくれていた湯呑《ゆの》みを取り、一口飲んでから切り出す。

「本日は、西ノ丸様がお家のご当主と本堂で込み入った話をされたが、何ゆえ、手の者に探らせていた」

厳しく問いかける小五郎に、原田は動じない。

「これは、人聞きの悪いことをおっしゃる。当家の用人が、西ノ丸様に呼ばれた殿を案じて、つい近づいてしまったのでしょう」

「それは妙だ」

「何が、妙なのですか」

「他家のご家来はあるじと共に帰られたが、佐野様のご家中だけ、寺の外に残っておる。あの者は、何をしておるのだ」

道馬のことを言われた原田は、返答に窮《きゅう》した。気持ちを落ち着かせるべく、目についた湯呑みを取り、茶を飲んだ。

「ご返答を」

急《せ》かす小五郎に、原田は時を稼ぐために茶を三口飲み、ゆっくりと置いた。

「はて、それがしは藩邸におりましたから、何をしておったかまではわかりませぬ。そこへ控えておる用人に問うてみましょう」

原田は廊下を振り向き、用人に問う。

「誰ぞ残っておったのか」

用人は頭を下げて答える。

「いえ、当家の者は皆引きあげてございます」

原田は、用人と目を合わせて唇に笑みを浮かべ、小五郎に向き直ると、困ったような顔をした。

「そういうことですから、人違いかと」

小五郎は用人に厳しい顔を向けた。

「それは、まことか」

「二言はございませぬ」

頭を下げられた小五郎は、

「しまった」

ひどく動揺し、原田に申しわけなさそうな顔で問う。

「原田殿、ご気分はどうか」

原田は、理解できず問い返す。

「なんのことですか」

小五郎は両手をついて頭を下げた。

「申しわけない。てっきり、貴殿が我があるじを亡き者にせんとくわだてたに違いないと思い込み、意趣返《いしゅがえ》しに、たった今毒を盛りました」

「なんと！」

愕然《がくぜん》とした原田は、湯呑みを見た。

「茶に毒を入れておったのか」

「はい」

原田は用人をどかせて廊下の縁に四《よ》つん這《ば》いになり、吐き出した。

胸が熱くなり、胃《い》の腑《ふ》が締めつけられるような痛みに襲われた原田は、恨《うら》みを込めた目を小五郎に向けた。

「おのれ、何を飲ませたのだ」

小五郎はわざと、焦《あせ》ったように告げる。

「古室衆の毒です」

原田は目を見張った。

「毒消しを、毒消しを早くくれ！」

小五郎が両手をついた。

「ありませぬ。古室衆の毒に効く薬は、殿がすべて使いました。今すぐに、医者を呼びます。無駄かもしれませぬが」

原田は啞然《あぜん》としていたが、臓腑《ぞうふ》に激痛が走り、腹を抱えてのたうち回った。

用人が必死に介抱《かいほう》し、吐き出せと言っている。

その声が耳に入らぬ原田は、苦しみと死の恐怖のあまり、用人に叫んだ。

「又左だ。あ奴なら毒消しを持っておるはずじゃ。今すぐ連れてまいれ！」

「わかりました。それまでの辛抱《しんぼう》ですぞ」

左近が万庵にこの寺をすすめていたのは、庭の景色だけではなく、三人の大名の屋敷が近かったからである。

用人が急いで又左を呼びに行こうとするが、久蔵と配下が行く手を塞《ふさ》いだ。

「そこをどけ！」

叫ぶ用人に、久蔵たちは応じない。

激痛に苦しむ原田に、小五郎が問う。

「古室衆の毒と知って呼びに行かせるとは、どういうことか。又左とは、何者か」

原田は顔を歪《ゆが》めながら、声を絞《しぼ》り出した。

「ただ、薬に詳しい者だ」

小五郎が告げる。

「信用できぬ。我が手の者の同道を認めるなら、連れてきてもよい」

原田は呻《うめ》きながら、何度もうなずいた。

小五郎が久蔵に顎を引く。

応じた久蔵が道を空けると、用人は走り去り、久蔵が続く。裏門からのほうが藩邸に近いと久蔵が用人に告げると、応じて裏に回った。

用人と久蔵は、半刻（約一時間）も経ってから戻ってきた。

「お、遅いではないか」

原田が不服を述べ、用人が頭を下げる。その後ろから入ってきた者は、目深《まぶか》の編笠《あみがさ》を取ろうとしない。

小五郎に顔を見せぬようにして原田のそばに行き、懐《ふところ》から印籠《いんろう》を出し、蓋を取って手のひらに丸薬を転がした。

「毒消しです」

告げて差し出した手を、小五郎がつかんだ。

「何をなされる」

聞かぬ小五郎は丸薬を奪い、声をあげる。

「亀五郎殿」

襖が開けられ、亀五郎が出てきた。左近が襲われた時のために、控えさせていたのだ。

小五郎から受け取った亀五郎は丸薬の匂いを嗅《か》ぎ、驚いた顔を小五郎に向けながら告げる。

「これは、西ノ丸様に使われた物と同じ毒です」

薬ではなく、毒を飲ませようとした配下を、原田が怒気《どき》を浮かべた顔で指差した。

「お、おのれよくも」

配下は、誰もおらぬ廊下に逃げようとしたが、又兵衛が間部と現れて逃げ道を塞ぎ、久蔵が取り押さえて編笠を取った。

眼帯で隠された右目を、又兵衛が怒りの顔で指差して告げる。

「古室衆の毒とその右目が、動かぬ証拠だ。藩侯の命で、西ノ丸様を襲うたのか」

又左は恨みの目を向ける。

「誰の命でもない。西ノ丸さえいなければ、殿は苦しまずにすむと思い襲うたのだ」

白状するなり、脇差を抜いて久蔵に振るった。

離れてかわした久蔵が、ふたたび取り押さえようとしたが、

「腹を切ってお詫びいたす」

又左は言うや否《いな》や、脇差を己の腹に突き刺した。

呻いたが歯を食いしばり、又兵衛と小五郎に告げる。

「殿は、何もご存じありませぬ。将軍に奥方様を取られた時から、おこころを病《や》んでおられるのです。殿は……」

呻いて血反吐《ちへど》を吐いた又左の忠臣ぶりに、又兵衛が神妙な面持ちで片膝をついて問う。

「言い残すことあらば、こらえて申せ」

又左は大きく息を吸い、血走った目を又兵衛に向けた。

「殿は、何も悪うござりませぬ。ご落胤のことはすべて、そこの原田が仕掛けました」

原田は憤怒《ふんぬ》の形相《ぎようそう》になった。

「黙れ！」

叫んだ途端に腹の激痛に襲われ、呻いてのたうった。

すべてを白状した又左は、苦しみから逃れるため自ら首を斬り、命を絶《た》った。

それを見た原田は、間近に迫る死の恐怖に怯《おび》え、そばにいる小五郎に手を差し伸べて懇願《こんがん》した。

「お聞きくだされ。確かに、ご落胤の噂を流しました。奥方様を将軍に慰み者《なぐさもの》にされた殿のおこころを救うには、お子を将軍家のお世継ぎにするしかないと思うたからです。決して、西ノ丸様のお命を狙えとは命じておりませぬ。あれは、又左たちが勝手にやったのです」

小五郎は厳しい目を向ける。

「死人に口なしと思うて、罪を被《かぶ》せるのか」

原田は痛みのあまり憔悴《しょうすい》し、声に力なく答える。

「違います。事実を申し上げております。信じてくだされ。解毒の薬がないというのは嘘でござろう。後生《ごしょう》です、お助けくだされ」

手を合わせて願う原田に、小五郎が真顔で告げる。

「何もしなくても、死にはせぬ。腹痛が起きる草を多めに煎《せん》じただけだ。明日には治《おさ》まる」

原田は息を呑んだ面持ちで小五郎を見た。

小五郎が、してやったり、という笑みを浮かべると、原田は悔しそうな顔をした。

「おのれ、騙《だま》したな」

怒った原田だったが、より激しい痛みに襲われ、うずくまった。

その様子を隠れて見ていた花望道馬が、舌打ちをした。

江戸から逃げるべく山門に向かっていると、本堂の角から人が出てきた。

道馬は羽織《はおり》の葵《あおい》の御紋《ごもん》を見て、鋭い目を向ける。

「綱豊か」

応じた左近は、山門への道を遮《さえぎ》って向き合う。

道馬は雪駄《せった》を飛ばし、太刀《たち》を抜いた。左足を前に出し、両手でにぎる柄《つか》を右胸に引いて刀身を立てて構える。

対する左近は、安綱の鯉口《こいぐち》を切り、抜刀術《ばっとうじゅつ》の構えで応じた。

じりじりと間合いを詰めた道馬が、一刀で切っ先が届く死の間合いに入った刹《せつ》那《な》、気合をかけて、袈裟《けさ》斬りに打ちかかった。

捉《とら》えたはずの左近の身体が、目の前から消えた。

空振りした道馬は、打ち下ろした刀を地面すれすれで止め、背後に抜けた左近を斬るべく振り向き、太刀を振り上げた。

目の前が一瞬暗くなったのは、その時だ。遅れて胸に激痛が走り、当てた手のひらを見下ろすと、鮮血に染まっていた。

噴き出す己の血に目を見張った道馬は、ふたたび目の前が暗くなった。

背後で倒れた道馬を見もせぬ左近は、安綱を懐紙《かいし》で拭《ぬぐ》い、鞘《さや》に納《おさ》めた。気配に顔を向けると、見ていた用人が宿坊に急いだ。

左近が宿坊に行くと、用人の手を借りた原田が腹を抱えて向きを変え、左近に平伏した。

「どのような罰も、甘んじてお受けいたします。どうか殿だけは、お咎めなきよう」

左近は厳しく告げる。

「ひとつだけ問う。ご落胤は、まことか、それとも偽りか」

「正直に申し上げて、それがしにはわかりませぬ。ただ、殿はこころを病む前は、思い悩んでおられました。奥方様と若君を、遠ざけられたのです」

「今はどうなのだ」

苦しむ原田にかわって、用人が答えた。

「夜な夜なうなされ、上様へのお恨み言《うらごと》を口にされます。それを聞いていた寝所を守る馬廻衆《うままわりしゅう》が、上様がご落胤を捜されぬのは、西ノ丸様がおられるからだと決めつけ、我らが思いもせぬ行動に出たのです」

「そのほうらは、余の命を狙う気はなかったと申すか」

「馬廻の者が勝手をする前は、毛頭ございませんでした」

又兵衛が怒気を浮かべて歩み出た。

「表に刺客を潜《ひそ》ませておったのは明白。どの口が申すか」

原田は左近に訴えた。

「すべて、我らのみでしたこと。どうか、殿だけはお許しください！」

脇差を取り上げられ、切腹できぬ原田と用人は、額《ひたい》を畳に当てて平伏している。

又兵衛はさらに問い詰めようとしたが、左近が制した。

「両名とも、屋敷に戻れ」

「殿！」

不服そうな又兵衛だったが、左近は聞かず、二人と配下の者たちを帰らせた。

原田が神妙な態度で去ったあと、左近は又兵衛に告げた。

「今日のことは、まだ上様には申すでない」

「何をおっしゃいます。殿のお命を奪おうとしたのですぞ」

「お伝えするのは、佐野殿に会うてからでも遅うはない」

又兵衛は驚いた。

「まことのご落胤か否か、確かめるご所存ですか」

左近はそれには答えず、待たせていた駕籠に乗った。間部に告げる。

「桜田の屋敷へ戻る」

戸惑う間部に、左近は笑って言う。

「禍《わざわい》は去ったのだ。お琴を鳥籠から出してやろうと思う」

納得した間部が応じる背後で、又兵衛は困ったような顔をして、額に手を当てた。

六

何も知らない綱吉は、左近が西ノ丸におらぬと知って不機嫌になった。

「余がせっかく綱豊の願いを叶えてやったと申すに、何ゆえ西ノ丸におらぬのだ。二人はこの短いあいだに、仲が悪うなったのか」

そばに控えている柳沢が、真顔で応じる。

「おそらく、お琴殿のためではないかと」

綱吉が不機嫌な息を吐いた。

「意味がわからぬ」

「お琴殿を三島屋に戻してやりたい一心で、桜田に籠城《ろうじょう》しておられるのでしょう」

「籠城じゃと」

真《ま》に受ける綱吉に、柳沢が飄々と告げる。

「だからと申して罰を与えては、将軍の座を狙う者が喜ぶだけにございます。ここは、我慢くらべが得策かと存じます」

柳沢の態度に、綱吉はいぶかしそうな目を向けた。

「嬉しそうな顔をしておるが、気のせいか」

柳沢はひとつ咳《せき》をして、真顔を向ける。

「いえ、そのようなことは決して。いつ戻られるか、案じておりまする」

「どうすればよいか考えよ」

苛立つ綱吉に、柳沢は告げる。

「又兵衛から小耳に挟んでおりますには、綱豊殿は、ほぼ無理やり西ノ丸に入れられたお琴殿に、たいそう気を使っておられたらしく、それがしが思いますに、疲れてしまわれたのではないかと」

綱吉は柳沢を睨んだ。

「余のせいだと申すか」

「滅相《めっそう》もございませぬ。ただ、お二人は、特にお琴殿は、長年町で暮らしておりましたから、城の暮らしが辛いのではないかなどと、綱豊殿は、いらぬ気を使われておるものかと」

綱吉は身を乗り出し、柳沢の顔をじっと見た。

「今日は、ようしゃべるのう」

「は？」

驚いた顔をする柳沢だったが、綱吉は心底《しんてい》を見抜いたような目を向け、いきなり立ち上がった。

「上様、どちらへ」

「西ノ丸じゃ」

そう言って廊下に出る綱吉に、柳沢は笑みまじりで続く。その笑みの真意は誰にもわからぬが、柳沢だけに、長光寺で左近がしたことを知っていても、不思議ではない。

急ぎ西ノ丸に渡った綱吉は、奥御殿に入るのはさすがに遠慮し、又兵衛を同座させ、表御殿の広間でお琴と対面した。

下座で三つ指《みゆび》をつくお琴に、綱吉は前置きなしに告げる。

「今日まで、慣れぬ場所でよう耐えてくれた。三島屋に帰ることを許す」

だがお琴は、応じなかった。

「ここで、綱豊様のお戻りを待ちまする」

綱吉は問う。

「そなたは、三島屋で商売をしたいのではないのか」

「商いよりも、綱豊様のお命が大事。ここで待たせていただきとうございます」

平身低頭して願うお琴の健気《けなげ》さに、綱吉はふっと、笑みをこぼした。

「綱豊は、幸せ者よ。二人には負けた。綱豊を廃嫡《はいちゃく》し、西ノ丸から出してやる」

又兵衛が愕然とした。

「上様、お待ちを」

「申すな又兵衛」

綱吉は聞こうとせず、本丸に戻った。

柳沢は、中奥御殿の居室に戻る綱吉に付き従い、二人になったところで下座に両手をついて口を開いた。

「おそれながら、ご本心ですか」

綱吉は鼻で笑った。

「この狸《たぬき》め。腹の中では望んでおったのであろう。綱豊を廃嫡したのちに、余の子じゃと申し出る者がおれば、それはそれでよいとでも思うておるのか」

「ご落胤がまことなれば、これに勝る慶事はございませぬ」

「では、申し出る者があれば、そのほうが真実を突き止めよ」

「はは」

柳沢はこの時、左近が長光寺に呼びつけた三人の大名の誰かが名乗り出ると期待していた。ところが、綱豊の廃嫡が諸大名と旗本に知れ渡っても、名乗り出る者はいなかった。

それどころか、綱吉が廃嫡を宣言したのは、ご落胤を捜すためではなく、次期将軍の座を狙う刺客から綱豊を守るためだと噂が広まり、綱豊の世継ぎは揺るぎないものだと言われはじめた。

「どうしてそうなるのじゃ」

苛立ったのは、綱吉だ。

「これでは、廃嫡を決めた意味がないではないか」

柳沢も困り果て、頭を下げた。

「事実無根とお触れを出しましたが、噂は絶えませぬ。これは、綱豊殿を守ろうとする上様に対する期待が高い証《あかし》だと、水戸藩《みとはん》の留守居役《るすいやく》が伝えてまいりました」

綱吉は柳沢を睨んだ。

「どうせ、光圀《みつくに》殿の差し金であろう。あの者は、紀州の婿《むこ》を六代にするのをよう思うておらぬゆえ、余が綱豊を守ったと思い喜んでおるのじゃ」

「誰がどう思い、何を口に出そうとも、この世は上様の思し召しのままにございます」

「まあよい。光圀殿の具合はどうなのじゃ」

「留守居役が申しますには、重い病《やまい》らしく、新年を迎えられるかわからぬそうです」

「光圀殿は以前とは違い、今は綱豊を次期将軍に望んでおったゆえ、喜んでおるならそう思わせておけ。安心して、あの世へ旅立たれよう」

気を使う綱吉に、柳沢は意外そうな顔を一瞬見せたが、頭を下げて従った。

綱吉は、何かを思いついたような面持ちとなり、柳沢に告げる。

「皆が、余が綱豊を守るために廃嫡を決めたと思うなら、それはそれで、鶴姫にとっては好都合だ。余の子だと名乗り出る者がおらぬからには、皆の目を綱豊に向けたままといたし、町に出ぬよう、次の手を打て。例の話を進めよ」

柳沢は困惑の面持ちをした。

「あの者ですか」

綱吉がうなずく。

「綱豊がお琴の自由を望むからには、それしかあるまい」

「承知いたしました」

柳沢は低頭して、綱吉の前から下がった。


正式に廃嫡の沙汰《さた》がくだされる日を二日後に控えた左近は、お琴を迎えに、一日西ノ丸に戻った。

迎えた又兵衛は、すっかり肩を落としている。

「そう暗い顔をするな。そなたが桜田屋敷に来たければ、好きにするがよいと、上様から許しを得た」

又兵衛が目を見張った。

「それは、まことですか」

「これを」

柳沢から受け取っていた書状を懐から出して渡すと、又兵衛はその場で開いて目を通し、涙ぐんだ。

「それがしを正式に、甲府藩の附家老に任ずるとあります」

「これからも頼むぞ」

肩に手を置いた左近に、又兵衛は満面の笑みで応じた。

「お琴はどうしている」

「支度を終えて、お待ちです」

左近は奥御殿に急いだ。

短いあいだだが、二人で過ごした座敷にいたお琴は、粋《いき》な小袖を着け、三島屋のお琴に戻っていた。

表情が明るいと思った左近は、安堵して手を差し伸べた。

「共に、帰ろうか」

「わがままを、お許しください」

「何を言う。あやまるのはおれのほうだ。巻き込んですまなかった」

お琴は首を横に振り、左近の胸にそっと寄り添った。

「離れるのは、寂しゅうございます」

「またいつでも会えるさ」

あえて砕《くだ》けた物言いをした左近は、お琴を送って三島屋に行こうとしたのだが、間部が姿を見せた。

「殿、小杉明澄殿と、千太郎殿が目通りを願われてございます」

「おお、ちょうどよい。お琴、千太郎と会うていこう」

千太郎のその後を気にしていたお琴は、喜んで応じた。

表御殿の客間に行くと、町人の身なりをしているお琴を見た明澄は、不思議そうな顔をしつつも、左近に平伏した。

「ご尊顔《そんがん》を拝《はい》したてまつり、恐悦至極《きようえつしごく》に存じまする」

「明澄殿、堅苦しいあいさつはなしじゃ。面を上げて楽にされよ」

「はは」

左近は、明澄の隣でぎこちなく両手をついている千太郎に、お琴と二人で目を細めた。

「千太郎、久しぶりだな」

頭を上げた千太郎は、両手を広げて、来い、と言った左近に駆け寄り、膝に乗った。

「よい子にしておるか」

頭をなでてやると、千太郎は笑顔で顎を引き、膝から下りてお琴に駆け寄った。

「その節は、お世話になりました」

頭を下げる千太郎に、お琴は笑顔で応じる。

「少し見ないあいだに、ご立派になられて」

明澄がやっとわかったような顔をして、お琴に問う。

「三島屋の、お琴殿ですか」

左近がうなずくと、明澄はお琴に両手をついた。

「こちらにいらっしゃるとは思いもせず、ご無礼をいたしました。千太郎が大変お世話になっておきながら、ごあいさつにも上がらず、申しわけありませぬ」

「どうかお手をお上げください」

慌てるお琴に、明澄は神妙な態度だ。

左近が話題を変えた。

「親子三人の暮らしはどうか」

すると明澄は、千太郎に目を細めつつ、左近に顔を向けて告げた。

「父と呼んでくれますが、時々、磯村を恋しがります」

左近は微笑んだ。

「余も家老に育てられた身ゆえ、千太郎の気持ちもわからぬではない。だが、何も心配することはない。父と息子の絆を信じて過ごされるがよい」

「実は不安に思うておりました。西ノ丸様のお言葉で、救われました」

「千太郎は、実によい子じゃ。先が楽しみだな」

明澄は嬉しそうに応じて、改めて左近とお琴に礼を述べ、千太郎と帰っていった。

見送った左近は、お琴に言う。

「おれたちも行こうか」

「はい」

笑顔のお琴を送って三島屋に行った左近は、権八とおよねに大喜びで迎えられ、西ノ丸にいた時よりも明るい笑みを浮かべているお琴を見て、これでよいのだと自分に言い聞かせた。

権八が左近を見て、心配そうな顔をした。

「左近の旦那、ほんとうによろしいので？」

およねも気にして見てきた。

左近は笑って応じる。

「このほうが、おれも通う楽しみがある」

権八が探る顔を向ける。

「とか言って、寂しそうですよ」

「おれは、お琴が幸せならばそれでよいのだ」

およねが目尻を拭った。

「やっぱり左近様は、おかみさんの幸せを一番に思ってらっしゃいますね。こんないい男、どこ探したって見つかりませんよ。ほんとうの浪人だったらいいのに」

「まったくだ。そうすりゃ、江戸の町から悪党がいなくなるな」

そこへ又兵衛が、左近の近侍《きんじ》四人衆の一人である望月夢路《もちづきゆめじ》に荷車を引かせて来た。

「殿、忘れ物をお届けにまいりました」

「又兵衛、ここで殿はよせ」

「これは、つい」

人目を気にした又兵衛が、夢路を促《うなが》した。

応じた夢路が、荷を解いた。届けたのは、西ノ丸でお琴のために用意した品々だ。

いわゆる大名道具を見て、およねが目を輝かせた。

「わあ、みんな凄《すご》い品ばかりじゃないですか。おかみさんこれ、この簪見てください。うちの亭主が一年働いても手が届きませんよ」

権八が愕然とした。

「その小さな簪がか」

「そりゃそうだよ。物が違うんだから」

「へえ」

感心する権八の横で、お琴が又兵衛に言う。

「これは受け取れません」

「お琴、又兵衛の気持ちを受けてやってくれ」

左近が言うと、又兵衛が嬉しそうにお琴に告げる。

「これからも殿がお世話になるのですから、どうぞ、ご遠慮なく」

お琴は、左近に応じて品物を受け取り、又兵衛に頭を下げた。

「大切に使わせていただきます」

喜んだ又兵衛だったが、帰る時になって、目に涙を浮かべた。

「短いあいだでしたが、お琴様がいらっしゃるだけで、西ノ丸が温かく感じられました。三島屋が繁盛するのが、わかった気がいたします」

では、と言って帰る又兵衛に、お琴は頭を下げた。

左近はこの日は泊まったものの、長居はできず、西ノ丸を去る日を翌日に控えて城へ戻った。一人になったところで、小杉明澄と千太郎を思い出し、親子とは何かと考えた。そして、佐野親子のことが頭から離れなくなり、小五郎を呼んだ。

程なくして庭に来た小五郎に、左近は問う。

「佐野家は、その後どうだ」

「家老と用人は、役宅でおとなしくしております。ただ、佐野殿は、家老が申したとおりこころを病んでおり、気持ちの浮き沈みが激しゅうございます」

奥方を亡くした五年前からだと知った左近は、子を案じた。

すると小五郎は、探りを入れていた日の出来事を伝えた。

「真千代君《ぎみ》は、佐野殿から遠ざけようとする乳母《うば》に対し、父上は父上だけ、他の者は父ではないと、泣いて訴えておりました」

「そうか」

千太郎と真千代を重ねた左近は、その日のうちに佐野を訪ねた。

藩士たちは、突然の訪問に騒然となり、表門から御殿の玄関に向かう左近を平伏して出迎えた。

家老と用人が役宅に謹慎《きんしん》も同然の今となっては、左近に敵意を抱く者はおらず、老臣が神妙に接して、書院の間に通した。

上座に座して程なく、慌てた様子の足音が廊下に響き、佐野が部屋に入ってきて下座に着いた。

左近と決して目を合わせようとせず、両手をついて頭を下げ、藩主としてなんら異常を感じられぬ迎え方をした。

紙一重《かみひとえ》だが、この時佐野は、なんとか平静を保っていたと言えよう。だが、奥御殿の居室では、襖が無惨《むざん》に破れ、調度品《ちょうどひん》は散らばっていた。

綱豊の来訪を知り、己に厳しい沙汰がくだされると信じて疑わぬ佐野は、かえってこころが落ち着き、床にたたきつけようとしていた花瓶《かびん》を置いて、身なりを整えて左近の前に出ていたのだ。

「西ノ丸様には、とんでもないことをいたしました。これも、それがしの不徳のいたすところ。どのような罰も、お受けいたしまする」

平伏する佐野に、左近は告げる。

「佐野殿、余はそなたを罰しにまいったのではない。面を上げてくれ」

「おそれいりまする」

言葉だけで顔を上げぬ佐野に、左近は歩み寄って手を取った。

驚いて下がろうとする佐野の手首に力を込めた左近は、両手を取って顔を上げさせ、穏やかに告げる。

「余は、家老と用人を許す」

「なんと……」

目を見張った佐野は、涙を浮かべてうつむいた。

「西ノ丸様のご慈愛《じあい》に感服し、己が恥ずかしゅうございます。両名には厳しく言い聞かせ、二度と、罰当たりな真似《まね》をさせませぬ」

「それを聞いて安心した。佐野殿、子がおらぬ余が申すのはおこがましいが、聞いてくれ。真千代君のことは、ご自分のおこころに正直でよいのではないだろうか」

うつむいた佐野の顔から、光る物が落ちた。

「お言葉、胸に刻《きざ》みまする」

「うむ。前を向いて、生きてくれ」

左近はそれだけ伝えると、西ノ丸に帰った。

佐野が切腹したのは、その日の夜だった。原田と用人、そして又左と共に左近を襲った源治郎という馬廻衆の一人が、禁じられている殉死《じゅんし》を果たしたのだが、公儀には皆、病死と伝えられた。

小五郎からその夜のうちに知らされた左近は、星を見上げて告げた。

「佐野殿は、命をもって真千代を実子とし、亡き奥方の名誉とお家を守ったか」

真千代がご落胤かどうかを知る術《すべ》は絶たれてしまったが、別れ際の、佐野の穏やかな顔を想い出した左近は、それもよかろう、と思うのだった。

翌日は、真っ白で巨大な入道雲《にゅうどうぐも》が南の彼方《かなた》に湧《わ》き上がっていた。空のように、晴れて西ノ丸から解放された左近は、駕籠を使わず、軽い足取りで桜田の屋敷に帰った。

甲府藩士たちが集まる表御殿の大広間に入った左近は、皆に心配と苦労をかけたと頭を下げ、これからは、領民のためによりよき政《まつりごと》に努めると誓った。

喜ぶ藩士たちと酒宴の時を過ごした左近は、夜も更《ふ》けてから奥御殿に入った。

奥御殿の寝所で休むつもりで廊下を歩いていくと、若い小姓が正座し、その後ろで、侍女《じじょ》の身なりをした者が一人、平伏していた。

小姓が告げる。

「この者が、今日からお世話をいたします」

寝耳に水の左近は、又兵衛と間部が何も言っていなかっただけに、小姓に問う。

「まさか、上様が遣《つか》わされたのか」

「つい先ほど、柳沢様が連れてまいられました」

困った、とこぼした左近は、平伏させたままでは可哀そうだと思い、侍女に声をかけた。

「面を上げなさい」

はいと応じて頭を上げた侍女の顔を見た左近は、愕然として、手に持っていた扇子《せんす》を落とした。侍女は、太田宗庵の娘のおこんだったからだ。

落ちた扇子を拾って差し出したおこんは、目の前に立っている左近を見て、大きな目が落ちてしまいそうなほど驚き、口を両手で塞いだ。

双葉文庫

さ-38-17

新《しん》・浪人若《ろうにんわか》さま 新見左近《にいみさこん》【十】

嗣縁《しえん》の 禍《わざわい》

2022年4月17日 第1刷発行

【著者】

佐々木裕一《ささきゆういち》

【発行者】

箕浦克史

【発行所】

株式会社双葉社

〒162-8540 東京都新宿区東五軒町3番28号

[電話] 03-5261-4818(営業部) 03-5261-4833(編集部)

www.futabasha.co.jp(双葉社の書籍・コミックが買えます)

【印刷所】

中央精版印刷株式会社

【製本所】

中央精版印刷株式会社

【フォーマット・デザイン】

日下潤一

ISBN978-4-575-67103-2 C0193

Printed in Japan